Renée Pleyter · Tödlicher Hermannslauf

Die verfeindeten Wissenschaftler Stefan Weidinger und Felix Mehlbaum sind in ihrem Metier nur leidlich erfolgreich. Die zwei Schlachtenforscher vertreten unterschiedliche Theorien über den Austragungsort der Varusschlacht, doch keiner konnte bisher seinen Standpunkt endgültig belegen. Besessen von ihrem Konkurrenzkampf können sie nicht voneinander lassen.
Wie jedes Jahr treffen sich Weidinger und Mehlbaum auch dieses Mal beim Hermannslauf. Überraschend findet einer der beiden tatsächlich das entscheidende archäologische Indiz! Der andere, der seine Felle davonschwimmen sieht, versucht ihm das Relikt abzujagen. Mitten unter den Hermannsläufern beginnt eine Verfolgungsjagd auf Leben und Tod ...

Eine packende Story mit Tempo und hintergründigem Witz.

Renée Pleyter wurde 1965 geboren. Nach einem Studium der Kunstgeschichte und Ausbildung zur Restauratorin selbständige Tätigkeit als Restauratorin von Gemälden und Vergoldungen. Im Frühjahr 2009 erscheint unter dem Titel „Tödlicher Hermannslauf" ihr erster Krimi.

Renée Pleyter

Tödlicher Hermannslauf

PENDRAGON

Etwaige Ähnlichkeiten mit realen Personen, Institutionen oder Ereignissen sind nicht beabsichtigt und rein zufällig.

Mors certa, hora incerta

1.

Mit griesgrämiger Miene öffnete Kommissar Wilke die Akte, die vor ihm auf dem Schreibtisch lag. Hier und da befanden sich Kaffeeflecken auf den Seiten, wie immer, wenn er sich mit einem Fall eingehend beschäftigte. Dieser würde noch viele Ladungen Koffein kosten. Er seufzte leise. Kriminalassistent Rothmanns, der sich mit den Unmutsäußerungen seines Chefs auskannte, schaute vom PC auf, auf dessen Bildschirm ein detaillierter Plan des Straßen- und Wegenetzes zwischen Bielefeld und Detmold flimmerte.

„Noch einen Kaffee, Chef?“, fragte er beflissen. „Oder soll ich ein paar Kekse besorgen?“

„Nee“, grummelte Wilke, dessen kleine Schwächen allgemein bekannt waren. „Das hilft mir diesmal auch nicht weiter!“

Rothmanns runzelte die Stirn. Ein ernster Fall. Der Kommissar hatte die Akte im Laufe des Vormittags bereits zehnmal auf- und wieder zugeklappt. Mindestens.

„Kann ich helfen?“

„Ich suche nach dem fehlenden Teilchen!“, brummte Wilke.

„Sind Sie sicher, dass es existiert, Chef?"

„Es muss existieren, sonst macht diese ganze bescheuerte Geschichte keinen Sinn!"

Missmutig warf Wilke einen Blick auf die altmodische Wanduhr über der Tür.

„Für ein Uhr habe ich Frau Weidinger herbestellt. Wollen wir wetten, dass sie auf die Minute pünktlich sein wird? Eine von diesen langweiligen Frauen, die Perfektion für eine Tugend halten. Ich habe sie gestern schon flüchtig gesehen. Sie hat kaum eine Miene verzogen, als die Kollegen ihr die Nachricht überbrachten. Ganz still, fast unscheinbar."

Rothmanns nickte. „Ja, ich habe sie auch gesehen. Und ich glaube, wir brauchen nicht wetten, was ihre Pünktlichkeit angeht!"

Die Uhr an der Wand schnarrte wie immer zur vollen Stunde. Vor ewig langer Zeit hatte sie mal ein funktionierendes Schlagwerk besessen. An der Tür ein Klopfen, ganz sachte, als wäre es auf der Hut. Kommissar Wilke stand auf und gab der eintretenden Frau die Hand. Sie trug einen dunklen Rock, eine etwas hellere Bluse. Kein Schwarz. Dezentes Blaugrau. Passend zu ihren Augen, die hinter den blonden Wimpern auf eine seltsame Weise abwesend wirkten, als wären sie nicht ganz von dieser Welt.

„Frau Weidinger. Ist es in Ordnung, wenn wir Ihnen einige Fragen stellen?“

Der Kommissar war fürsorglich. Er rückte ihr den Stuhl zurecht.

„Ja.“ Die Stimme der Frau war so ausdruckslos wie ihr Gesicht, farblos wie ihre Lippen. Unter ihren Augen lagen tiefe Ringe, die Lider waren ein wenig geschwollen, aber nicht gerötet. Mit einer langsamen Bewegung strich sie sich eine Strähne aus dem Gesicht.

„Sind Sie sicher? Sie sehen etwas mitgenommen aus. Geht es Ihnen gut genug?“

„Ja, es geht schon.“

„Wir versuchen etwas über die konkreten Umstände herauszufinden, die zum Ableben Ihres Mannes und Herrn Mehlbaums geführt haben. Dazu ist es vor allem einmal notwendig, den Ablauf des gestrigen Tages so genau wie möglich zu rekonstruieren.“

Die Frau nickte kaum merklich. Ihre Augen waren nun aufmerksam, wenn auch nicht sehr interessiert.

2.

„Mehlbaum ist ein kleinkariertes Arschloch. Aber dieses Jahr werde ich es ihm zeigen. Meinen Staub soll er fressen!"

Wie gewöhnlich kam keine Reaktion.

Stefan Weidinger war ein stattlicher Mann, sogar in den etwas unvorteilhaften Trainingshosen, die um die Körpermitte ein wenig spannten. Er war schon vor längerer Zeit dazu übergegangen, die leichten Fettablagerungen auf seinen Hüften als potentielle Muskelmasse zu interpretieren, ebenso wie er das Schweigen in seinem Haus als friedliche Stille auslegte. Es war sehr friedlich an diesem frühen Sonntagmorgen. Er wölbte den Brustkorb, wobei er gleichzeitig die Schultern nach unten zu drücken und die Gesäßmuskeln anzuspannen versuchte. Prüfend blickte er an seinem Spiegelbild hinunter, drehte sich um etwa 30 Grad zur linken Seite und zog den Bauch ein.

„Sag mal, findest du, dass ich zugelegt habe seit dem letzten Jahr?"

In der Zimmertür tauchte eine blässliche Nase auf. „Ja, finde ich. Und die Waage würde dir das Gleiche sagen, wenn du sie fragen würdest."

„Eine Kleinigkeit vielleicht. Das hat nichts

zu bedeuten“, sagte er wegwerfend. „Ich bin gut im Training!“

„Wenn du meinst.“ Die Stimme klang gleichgültig. Fünfzehn Jahre hatten einigen Sand im Getriebe hinterlassen.

„Ich bin immer noch zehnmal fitter als Mehlbaum!“

Die Frau war blond, dünn, fast mager, ein Strich in der Landschaft, mit langsamen, resignierten Lidschlägen, welche die pastellfarbenen Augen regelmäßig verdeckten. Ihre ganze Erscheinung wirkte farblos, verwaschen, wie eine einst duftige Sommerbluse, die jemand unachtsam zusammen mit den alten Socken und Arbeitsklamotten in die Waschmaschine geworfen hatte. Die schulterlangen Haare waren etwas strahnig, obwohl frisch gewaschen, als wären sie ihrer selbst überdrüssig.

„Könnt ihr nicht endlich mit diesem Mist aufhören und euch normal benehmen? Ihr seid wie zwei dumme Jungs, die sich gegenseitig Beine stellen und die Zungen herausstrecken.“ Sie lehnte sich an den Türrahmen und ließ die Lider in Zeitlupe vor die Iris sinken.

„Davon verstehst du nichts“, brummte er, ohne sie anzusehen. Es war sowieso egal, was sie dachte. Sie musste immer alles miesmachen.

Wenn er sich freute, erstickte sie die Funken mit Gleichgültigkeit. Wenn er sich ärgerte, zuckte sie nur die Achseln. Manchmal fragte er sich, warum er überhaupt noch mit ihr sprach. Reine Gewohnheit wahrscheinlich. Hätte er einen Wellensittich, würde er mit dem reden. Er war nun mal eine gesellige Natur, und verbale Enthaltsamkeit lag ihm nicht.

Aus den Augenwinkeln schaute er kurz zu ihr hin. Sie hatte sich schon wieder umgedreht. Verschwand im Flur wie ein Schluck Wasser, der immer durchsichtiger wurde. Die Welt perlte an ihr ab. Eines Tages würde sie ganz versickert sein. In den letzten Jahren war sie so substanzlos geworden, dass er sich nicht mal mehr an ihr reiben konnte. Vielleicht war es gut so. Wenn sie sich in der Rolle der blassen Sylphide gefiel, ließ er ihr die Freiheit. Ändern konnte er ohnehin nichts. Stattdessen blickte er wieder in den Spiegel.

Stattlich, ja. Das war er. Der kleine Bauchansatz ließ sich nicht leugnen, wenn er ehrlich war. Aber das machte nichts. Er hatte sich gut gehalten. Im Gegensatz zu Mehlbaum, der jedes Mal ein Stück schmächtiger geworden zu sein schien, wenn er ihn sah.

Weidinger lächelte, obwohl es eigentlich kein

wirkliches Lächeln war. Zu viel Häme lag darin, wie immer, wenn er an Felix Mehlbaum dachte. Mehlbaum, selbsternannter Großmeister der provinzialrömischen Archäologie in Ostwestfalen und Rasputin der Deutung lateinischer Quellen, war seit Langem entzaubert, und wie ein Luftballon, aus dem allmählich die Luft entwich, fiel er nach und nach in sich zusammen. Sogar sein stets gesund gebräunter Teint wirkte neuerdings fahl und gelblich. Er sah aus wie ein Verlierer. Wie sollte er auch anders aussehen?

3.

Felix Mehlbaum fühlte sich lahm an diesem Morgen, obwohl er nie aufgehört hatte, zu trainieren. Aber auch die beste Kondition erschlaffte, wenn man immer nur bergan und immer gegen Wände lief. Die Zeit zermürbte nicht nur die Knochen, sondern auch den guten Willen, und weit länger als eine flüchtige Sekunde dachte er daran, sich einfach wieder die Decke über den Kopf zu ziehen und im Bett liegen zu bleiben.

Er dachte an den Trubel oben beim Hermannsdenkmal. An die nervige Busfahrt, auf der sie alle zu Brüdern wurden. Das Geschiebe, Körper an Körper. Warum tat er sich das jedes Jahr wieder an? Er mochte doch gar keine Menschenmassen. Und dieser aufgeblasene Vollidiot Stefan Weidinger, den er noch viel weniger mochte, würde ihm wieder den ganzen Tag penetrant auf der Pelle hängen mit seinem Niveau unter dem Nullpunkt und seiner peinlichen Neigung zu verbalem Schwanzmessen. Ein ganz beschissener Tag würde es werden!

Nachdem er sich weitere fünf Minuten in Unlust gesuhlt hatte, warf der Mann mit dem sich lichtenden Blondhaar, das die Naturlöckchen der Jugend bewahrt hatte, jedoch energisch die Decke von sich und sprang aus dem Bett. Felix Mehlbaum war darin geübt, dem inneren Schweinehund die Stirn zu bieten. Ein schwächerer Charakter hätte vielleicht schon vor Jahren alles an den Nagel gehängt und wäre einfach von der Bildfläche verschwunden, hätte sich einen Kredit erschlichen und wäre unter falschem Namen in die Karibik verduftet. Auch Mehlbaum hatte darüber nachgedacht, mehr oder weniger ernsthaft. Aber ein Mann wie er gab sich nicht so leicht geschlagen. Er verließ nicht einfach seinen Platz, nur weil ein hohlkopfiger Emporkömmling wie Weidinger ihm das Leben schwer machte. Er blieb auf seinem Posten. Seine Zeit würde kommen, diesen Glauben hatte er sich bewahrt!

Mehlbaums Küche war eine von diesen typischen Single-Küchen, in denen immer die gleiche alte Tasse alleine in der Spüle stand und der zweite Platz am Frühstückstisch als Zeitungsablage diente. Zu einer Ehefrau oder Lebenspartnerin hatte er es nie gebracht. Eine gewisse Sprunghaftigkeit lag ihm im Blut, was ernsthaften Bindungen keine wirkliche Grundlage bot. Und seit der berufliche Erfolg ausblieb und sein

Haar sich lichtete, wurden auch die Gelegenheiten rarer, es noch einmal zu versuchen.

Ohnehin war er eher ein Einzelgänger, ein Unikat, und mit den meisten seiner Artgenossen ab einem gewissen Grad nicht wirklich kompatibel. Er glaubte, dass die meisten Menschen sich ihm unterlegen fühlten und es daher vorzogen, eine Art Komplex vermeidenden Sicherheitsabstand einzuhalten. Mit dieser Deutung konnte er leben. Er war ein gewandter Redner, mit geschmeidiger, sozialer Intelligenz begabt, und auch ein gewisser Charme ging ihm nicht völlig ab. Doch im Grunde reichte ihm die Gesellschaft des fetten, schwarzen Katers, den er vor vier oder fünf Jahren aus einer Laune heraus adoptiert hatte und mit dem er über Schliemanns Troja plauderte, über die Geheimnisse der Cheopspyramide, über Magnetogrammaufnahmen untergegangener Orte und natürlich über Varus und Hermann, wobei er Letzteren stets bei seinem lateinischen Namen Arminius nannte.

Weidinger – so hieß der Kater – war ein geduldiger Zuhörer, der sich selbst dann nicht aus der Ruhe bringen ließ, wenn sein Herr ihn ein Dummbrot oder einen intellektuellen Flachwichser nannte, was gelegentlich vorkam, ihn der fachlichen Hochstapelei bezichtigte, oder ihm triumphierend umständliche Indizienketten auseinanderpflückte, mit deren Hilfe er seinen Namensvetter, den zweibeinigen Weidinger, zu vernichten plante. Das alles kratzte den trägen Kater kein Stück. Er ließ die Litaneien und Tiraden mit einer Gelassenheit über sich ergehen, die man bei einem Menschen als Stoizismus bezeichnet hätte, und wartete mit halbgeschlossenen, hellgelben Augen darauf, dass der aufgedrehte Vielredner heiser wurde und ihm eine neue Büchse Katzenfutter öffnete.

Felix Mehlbaum war diszipliniert. Vor der Kür kam die Pflicht. Er öffnete das Fenster, um frische Luft einzulassen, und begann mit ein paar Streck- und Dehnübungen. Nichts Ermüdendes. Nur um die Muskeln zu lockern, ein Viertelstündchen. Dann bereitete er sich ein leichtes Energiefrühstück zu: eine Schnitte Weißbrot mit Honig, ein kleines Schälchen Müsli, dem er einen Magnesiumzusatz zufügte, sowie ein Glas frischgepressten Orangensaft mit einer Prise Traubenzucker. Er achtete auf sein Gewicht. Selbstkontrolle hatte er zu einem Lebensstil kultiviert. Kein Gramm Fett zu viel. Nicht so wie Weidinger, der langsam aber sicher feist zu werden begann und in drei oder vier Jahren

Mühe haben würde, eine Treppe zu steigen, ohne außer Atem zu kommen, und der sich auf dem besten Wege befand, eine unangenehme Erscheinung zu werden. Wenn Mehlbaum auch sonst fast alles verloren hatte, die Kontrolle hatte er immer behalten!

4.

Stefan Weidinger wühlte in den Schubladen nach seinen neuen Sportsocken und legte sich die dicke Armbanduhr um, die mit einem Pulsfrequenzmesser ausgerüstet war. Er fühlte sich blendend, aber einunddreißig Kilometer waren kein Pappenstiel, und gelegentlich machte der Blutdruck ihm zu schaffen. Mehlbaum war einen halben Kopf kleiner und drahtig. Aber er baute ab. Die berufliche Hangelpartie am absteigenden Ast, die er seit Jahren absolvierte, wirkte sich aus. Letzte Woche hatte er ihn zufällig in Bielefeld beim Penny-Markt gesehen, wie er seine Einkaufskarre schob. Fast schon wie ein alter Mann. Abgewirtschaftet hatte er. Abgewirtschaftet!

Es war im Jahr 1987 gewesen, als Felix Mehlbaums heile Welt einen Knacks bekommen hatte. Drei unscheinbare Metallklumpen hatten das bewirkt. Drei popelige, römische Schleuderbleie, die für sich genommen nicht reizvoller waren als ein Fliegenschiss. Aber sie hatten alles verändert, seit irgend so ein Wünschelrutengänger mit mehr Glück als Verstand in der Nähe von Osnabrück über sie gestolpert war und den

Fund, statt ihn in die Hosentasche zu stecken und zu vergessen, mit pflichtbewusstem Stolz dem zuständigen Archäologen gemeldet hatte.

Das war der Anfang vom Ende Felix Mehlbaums gewesen. Die Theorien des hoffnungsvollen Jungdoktors waren als falsch entlarvt, er selbst dem öffentlichen Spott preisgegeben. Die drei hässlichen Bleistücke machten aller Welt offensichtlich, dass Mehlbaums ganzer Forschungsansatz nichts war als das hohle Halali zu einer Schnitzeljagd ins Blaue, bei der die Zahl der Unbekannten die Menge der konkreten Beweise stets übertroffen hatte. Felix Mehlbaum, ungekrönte Koryphäe der Geschichtsimagination ohne Hand und Fuß, der Schlachtenforscher ohne Schlachtfeld, der tatsächlich geglaubt hatte, irgendwann im südlichen Teutoburger Wald den Helm des Varus oder das Schwert des Cheruskers zu finden, in dem womöglich sogar noch der Name des Besitzers eingraviert stand, war nicht mehr ernst zu nehmen. Sogar die Hühner lachten über ihn!

Weidinger lächelte leise. Der Fund der drei dreckverschmierten Bleiklumpen, runde achtzig Kilometer nordwestlich von Mehlbaums Wirkungskreis, hatte Großes bewirkt und mehr als nur ein Genick gebrochen. Die folgenden Ausgrabungen sorgten nicht nur regional für Aufsehen. Langsam, aber unaufhaltsam war die Entthronung Mehlbaums, der sich so gerne reden hörte und der so früh zu wissenschaftlichen Lorbeeren gekommen war, eingeleitet worden. Stück für Stück wurde er demontiert. Im gleichen Maße jedoch, wie Mehlbaums Stern sank, begann das Licht seines ehemaligen Kommilitonen Weidinger, der zu jenem Zeitpunkt eine ziemlich schlecht bezahlte Stelle in einem Örtchen, dessen Namen niemand kannte, innehatte, heller zu werden.

In der Küche nahm Weidinger die Schachtel mit den Vitamintabletten aus dem Schrank. Hedwig war zum Bäcker gegangen, vielleicht auch in die Kirche, wer wusste das schon genau. Jedenfalls war sie nicht da. Er füllte ein Glas mit Wasser und warf zwei von den Brausetabletten hinein. Dazu gab es eine Banane, mittelgroß. Das musste reichen. Er wollte sich nicht schwer fühlen. Schließlich ging es um einiges. Wie immer am letzten Sonntag im April.

Seit 1988, dem ersten Jahr nach Beginn der neuen Zeitrechnung, trafen sie sich in schöner Regelmäßigkeit am Hermannsdenkmal auf der Grotenburg, um mit Muskeln und physischem

Durchhaltevermögen gegeneinander anzutreten, statt mit Sticheleien und verbalen Spitzen, welche die fachliche Kompetenz, die Lauterkeit oder gar die Potenz des jeweils anderen in Zweifel zogen, wie sie es den Rest des Jahres taten. Der Hermannslauf bildete die ideale Umrahmung für ihre grandiosen Duelle. Um den Gesamtsieg ging es dabei gar nicht. Der war für sie beide so unerreichbar wie der Mond. Reine Zweikämpfe waren es, bei denen Tausende von applaudierenden Statisten ihnen huldigten und sie anspornten.

Das letzte Jahr war für Weidinger allerdings ein Reinfall gewesen. Er erinnerte sich nur ungern zurück: Regen. Wind. Knöcheltiefer Schlamm. Die ganze Strecke hatte sich in einen Morast verwandelt. Beim Umgehen der Pfützen war Mehlbaum im Vorteil gewesen, und nachdem er zuvor drei Jahre hintereinander in die Röhre geguckt hatte, war es der halben Portion gelungen, Weidinger den Sieg abzujagen.

Um die Schmach im Rahmen des Erträglichen zu halten, hatte Weidinger sich genötigt gesehen, zwei Kilometer vorm Ziel einen verstauchten Knöchel zu simulieren, um auf diese Weise die abzusehende Niederlage einer höheren Gewalt anlasten zu können. Niemand hatte bemerkt, dass er schauspielerte, und um Mehlbaums Mundwinkel hatte es enttäuscht gezuckt, weil er sich den Sieg nicht in aller verdienten Größe auf die Fahne schreiben konnte. So hatte Weidinger ihm den Triumph zumindest geschmälert. Dennoch nagte die Sache an seiner Seele. Das musste dieses Jahr bereinigt werden!

Durch das Küchenfenster drangen vielversprechende Sonnenstrahlen. Der Himmel war klarblau. Stefan Weidinger war zuversichtlich. Ausgezeichnetes Wetter für einen Sieg!

5.

Das Müsli knirschte zwischen Mehlbaums Zähnen, und zwischen magermilchgetränkten Haferflocken und Rosinen entschlüpfte ihm ein zweideutiges Lächeln, als er an Weidingers blasse Frau dachte. Hedwig. Sie war nicht immer so blass gewesen. Vor ein paar Jahren hatte man sie sogar noch als ziemlich appetitlich bezeichnen können. Natürlich vernachlässigte ihr Mann sie schon damals. Darum hatte sie dann auf dem Abendessen des Bielefelder Symposions zur Analyse historischer Schlachtfelder auch begonnen, mit ihrem neuen Sommerkleid zu wedeln und mit einem Glas Sekt in der Hand auf der Terrasse herumzuscharwenzeln und lange, langsame Blicke um sich zu werfen, die von noch viel langsameren Lidschlägen unterbrochen wurden.

Es war ein Kinderspiel gewesen. Sie hatte geradezu darauf gewartet, in ein Gespräch verwickelt zu werden, um endlich einmal wieder kichern und mit den Wimpern klimpern zu können wie ein Backfisch. Und Weidinger, diese aufgeblasene Nullnummer, hatte nichts davon bemerkt, so vertieft war er damit, sich mit geschwellter Brust in Positur zu bringen, leichtverdaulichen Archäologen-Smalltalk von sich zu geben und in die billige Kamera eines Regionalreporters zu grinsen.

Mit dem spitzen Nagel seines Zeigefingers entfernte Mehlbaum eine Haferflocke aus der kleinen Lücke zwischen seinen Schneidezähnen. Seine Mundwinkel verzogen sich wieder, diesmal in deftigeren Erinnerungen. Ja, die Hedwig! Ihr Fähnchen war ziemlich kurz gewesen, und wenn sie die Beine übereinanderschlug, war es immer noch ein Stückchen höher gerutscht. Vier- oder fünfmal hatten sie sich in den folgenden Wochen getroffen. Einfach so. Waren etwas trinken gegangen, hatten belangloses Zeug geplaudert, wobei beide wussten, dass es im Grunde um etwas anderes ging. Auf dem Rücksitz des Wagens. Einmal sogar in einem Pensionszimmer. Es war nett gewesen, wenn auch nichts Großartiges. Das Beste daran war das Gefühl, dass es ausgerechnet die Frau von Weidinger war, die er flachlegte. Eine Trumpfkarte, die er sicher im Ärmel hatte. Irgendwann würde er sie spielen. Bislang hatte er es nicht getan, denn er war ja kein Schwein. Die Situation war noch nicht reif gewesen. Aber das Gefühl, diese Karte ziehen zu können, wann immer er wollte, verursachte ihm ein wohliges Kribbeln in der Magengegend.

Mehlbaum erhob sich und stellte seine Müslischale in die Spüle. Das Wetter sah blendend aus. Keine Pfützen und Schlammlöcher würden Weidinger diesmal die Gelegenheit geben, eine Verletzung zu heucheln. Wahrscheinlich hielt er sich für einen begnadeten Komödianten, aber das Manöver im letzten Jahr war derart durchsichtig gewesen, dass nur die grundlegende Abscheu vor peinlichen Situationen ihn, Felix Mehlbaum, daran gehindert hatte, den Dummkopf *coram publico* bloßzustellen. Weidinger schien gar nicht zu merken, wie lächerlich er sich machte. Sein Fell war viel zu dick geworden, und seine Eitelkeit hatte begonnen, den gesunden Menschenverstand zu dominieren. Vielleicht würde er dieses Jahr eine Entführung auf offener Strecke inszenieren, wenn er seine Felle davonschwimmen sah. Er hatte nie gelernt, zu verlieren.

Felix Mehlbaum hingegen wusste, dass es die Niederlagen waren, die das Rückgrat stählten. Im Stehen schlürfte er seinen Orangensaft und stopfte leise pfeifend seine Sportschuhe und eine grellgelbe Jacke in den großen Plastikbeutel, den er am Vortag bei der Abholung seiner Startnummer erhalten hatte. Als er ein paar Minuten später die Tür hinter sich ins Schloss fallen ließ, schaute der schwarze Kater ihm gelangweilt hinterher.

6.

„Wir wissen inzwischen, dass Ihr Mann und Felix Mehlbaum sich seit der Schulzeit kannten, Frau Weidinger. Damals sollen sie Freunde gewesen sein. Oder zumindest Kumpel. Wie würden Sie das Verhältnis zwischen den beiden beschreiben?"

„Was soll ich dazu sagen ..." Die farblose Sphinx hob kaum merklich die Schultern und verfiel wieder in Schweigen, kaum dass sie die Lippen geöffnet hatte.

„Waren sie denn heute auch noch Freunde?", half der Kommissar ihr auf die Sprünge.

„Sie waren Kollegen. Fachkollegen."

„Fachkollegen mit unterschiedlichen Ansichten über gewisse Dinge?"

„Ja. Das wissen Sie doch bereits, wie ich vermute. Über die Verortung der Varusschlacht vor allem. Mein Mann war im musealen Bereich tätig. Herr Mehlbaum, soweit ich weiß, bei einer Kulturbehörde in Detmold. Beide waren Historiker. Archäologen. Da ergab es sich nun mal, dass sie gelegentlich in Konkurrenz zueinander traten."

„Gelegentlich, aha. Würden Sie Ihren Mann und Herrn Mehlbaum als Feinde bezeichnen?"

„Sie waren vielleicht nicht direkt Freunde."

„Frau Weidinger, ich weiß, dass die Situation für Sie nicht leicht ist. Ihr Mann ist verstorben, und ich verstehe, dass Sie kein schlechtes Licht auf ihn werfen möchten. Aber es wäre für die Klärung der Umstände sehr hilfreich, wenn wir auf Beschönigungen verzichten könnten und stattdessen die Dinge so aussprechen, wie sie nun einmal waren. Das tut dem guten Ruf Ihres Mannes sicher keinen Abbruch mehr. Und wenn die einen oder anderen unschönen Kleinigkeiten auftauchen, bleibt das ja unter uns. Uns geht es nur darum, den ganzen Fall zu einem ordentlichen Abschluss zu bringen, und dazu gehört es auch, ein gewisses Spektrum an Fragen aufzuarbeiten und Unklarheiten zu beseitigen."

Die blonde Frau nickt aufmerksam. Ihre Pupillen weiteten sich etwas. Sie war vorsichtig, ihr Vertrauen war zerbrechliches Porzellan.

„Wie lange kannten Sie Felix Mehlbaum?"

„Persönlich kannte ich ihn eigentlich gar nicht. Eher aus den Erzählungen meines Mannes. Ihre Freundschaft gehörte schon der Vergangenheit an, als ich meinen Mann kennen lernte."

„Wann war das?"

„Vor fünfzehn Jahren. Wir haben damals

nicht lange gezögert. Nach vier Monaten waren wir verheiratet."

„Und Herr Mehlbaum?"

„Manchmal erwähnte mein Mann den Namen. Meist im Zusammenhang mit seiner Arbeit. Im Grunde drehte sich alles immer um das gleiche Thema: die Varusschlacht. Ich konnte es irgendwann nicht mehr hören. Ich habe dann gar nicht mehr hingehört, wenn mein Mann davon anfing. Ich glaube, Mehlbaum hat ihm Unwissenschaftlichkeit vorgeworfen."

„Ja, das hat er. Und Ihr Mann nannte ihn im Gegenzug einen Dünnbrettbohrer und Korinthenkacker. – Entschuldigung! Aber das sind Aussagen, die wir vorliegen haben."

„Schon möglich", sagte Frau Weidinger mit Gleichmut. „Wie gesagt, ich habe nie so genau hingehört. Dieser ganze Kinderkram langweilte mich. Ich fand es lächerlich, dass zwei erwachsene Männer sich so aufführten."

„Haben Sie Felix Mehlbaum nie persönlich kennen gelernt?"

Eine ganz leichte Röte flutete die bleichen Wangen. Kommissar Wilke war ein aufmerksamer Beobachter.

„Nur flüchtig", sagte Frau Weidinger und ließ den Blick zum offenen Fenster schweifen.

„Haben Sie sich nie mit ihm unterhalten?"

„Ein paar Worte gewechselt vielleicht. Ohne Belang. Ich habe meinen Mann manchmal zu Symposien und Vorträgen begleitet."

„Wann zum letzten Mal?"

„Vor etwa zwei Jahren. Ein Symposium in Bielefeld. Über die Erforschung von Schlachtfeldern, wenn ich mich recht erinnere. Es hat mich nicht wirklich interessiert."

„Und dort haben Sie auch Felix Mehlbaum getroffen?"

„Ja, ich glaube wohl."

Die Röte auf ihren Wangen wurde tiefer und sie blickte auf ihre Hände nieder, deren weiße Finger lückenlos ineinander verschränkt waren.

Der Kommissar runzelte die Stirn. „Sie glauben, ihn bei dieser Gelegenheit getroffen zu haben, Frau Weidinger? Sie sind sich nicht sicher?"

Sie senkte den Blick noch ein wenig mehr, stumm.

„Frau Weidinger?"

„Doch, ich bin mir sicher. Es war ein etwas unangenehmer Abend, um es einmal so zu sagen."

„Warum?"

Frau Weidinger begann zu stottern, sich mit den Worten zu verhaspeln, gar nicht mehr sphinxhaft, sondern wie eine in Verlegenheit gebrachte Hausfrau, die sich bemühte, den Dreckrand, der peinlicherweise auf ihrem Sonntagsgeschirr zu Vorschein gekommen war, zu überspielen.

„Herr Mehlbaum hat sich etwas daneben benommen. Mir gegenüber, meine ich. Er ist aufdringlich geworden."

„Inwiefern?"

„Er hat mir Offerten gemacht. Wollte sich mit mir verabreden. Hinter dem Rücken meines Mannes."

„Sind Sie darauf eingegangen?"

„Natürlich nicht!" Frau Weidinger strich sich erneut eine Strähne aus dem Gesicht. Ihre Fingernägel waren sorgfältig poliert. Wahrscheinlich hatte sie viel Zeit, sich mit sich selbst zu beschäftigen.

„Haben Sie Ihrem Mann davon erzählt?"

„Nein. Jedenfalls nicht sofort. Ich wollte Ärger vermeiden. Ich erwähnte es später, als wir wieder zu Hause waren."

„Wie hat er reagiert?"

„Gar nicht. Er hat Mehlbaum ein Arschloch genannt. Weiter nichts. Um mich ging es dabei gar nicht."

„Halten Sie es nicht für möglich, dass er gestern wegen dieser Geschichte mit Felix Mehlbaum aneinandergeraten ist?"

„Nein, glaube ich nicht. Das kann ich mir nicht vorstellen. Die Sache lag fast zwei Jahre zurück. Um irgendeine Tonscherbe oder Speerspitze hätte er vielleicht einen Disput vom Zaun gebrochen. Aber bestimmt nicht um meinetwillen."

„Stand es mit Ihrer Ehe nicht zum Besten?"

„So wie es eben steht nach fünfzehn Jahren. Wir hatten uns nicht mehr viel zu sagen. Er hätte gar nicht bemerkt, wenn ich nicht mehr da gewesen wäre. Und gestern früh hat ihn nur der Lauf interessiert und sonst gar nichts."

Ihr Gesicht war wieder unberührbar geworden, die Lidschläge wie fallendes Laub.

„Sind Sie sicher, dass Sie uns in allen Punkten die Wahrheit sagen, Frau Weidinger?"

Sie antwortete nicht mehr, und der Kommissar ließ sie gehen.

7.

Stefan Weidinger stand bereits seit einer guten halben Stunde in der Nähe des Gymnasiums am Waldhof und ließ den Blick schweifen. Er liebte den Trubel. Der Hermannslauf war ein Ereignis, das weit über die Region hinaus wirkte. Die Läufer reisten von überall her an, nicht nur aus den umliegenden Kreisen und auch nicht nur aus Westfalen. Inzwischen wuchs sogar das internationale Interesse.

Ein paar kleine Japanerinnen standen geduldig in einer Schlange an, in Erwartung, dass der nächste Bus seine Türen öffnete. Ihre Shirts aus Mikrofaser, weiß mit einem großen, roten Punkt auf dem Rücken, glänzten in der Morgensonne. Ein paar Meter weiter hatte sich auf einer Bank ein geduldig lächelnder Finne niedergelassen, der seine Startnummer auf ein blaues Sporthemd im Trachtenlook applizierte. Er trug ein Stirnband mit aufgestickter Flagge. Vielleicht war er auch ein Lappe. Weidinger konnte die Landesfarben nicht zuordnen. Es war auch nicht wirklich von Belang. Multikulti tanzte einen bunten Reigen an diesem sonnigen Frühlingstag. Auch die in den umliegenden Straßen in mobilen Kantinen angebotenen Kulinaria machten vor keinen Grenzen Halt. Schon am frühen Vormittag gab es Sushi, Crêpe Suzette und russischen Borschtsch. Irgendwo hatte bereits der Bierausschank begonnen, obwohl es noch keine neun Uhr war. Der Zuspruch war noch zögerlich, aber der Anfang war gemacht. Die Läufer, die sich in immer größeren Scharen einfanden, hielten sich mit den leiblichen Genüssen zurück, zumindest die ernsthaften Titelaspiranten und solche, die sich dafür hielten.

Mit dem Lauf selber ging eine ausgeklügelte Infrastruktur einher. Tausende von Teilnehmern wurden von der Bielefelder Innenstadt per Bustransfer zum Hermannsdenkmal verfrachtet, wo um Punkt elf Uhr der erste Startschuss fallen würde. Beinahe einhundertfünfzig Busse warteten auf ihren Einsatz. Seit der Erfindung des Zeitchips am Fuß, der eine sekundengenaue Zeitnahme möglich machte, war es logistisch möglich geworden, die Teilnehmerbegrenzung weit nach oben zu verschieben. Über siebentausend Läufer hatten sich diesmal, im Jahr des zweitausendjährigen Jubiläums der Varusschlacht, registrieren lassen. Die Startnummern waren bereits im Februar vergriffen gewesen.

Weidinger stand auf einer Treppenstufe in der Nähe des Schulgebäudes und reckte den Hals.

Seine Frau hatte sich längst verabschiedet. Sie hatte für Massenveranstaltungen keine Nerven, und auch der Anblick ihres Mannes in Sportkleidung war nicht Grund genug, sich den schönen Sonntag inmitten zehntausender Vergnügungssüchtiger um die Ohren zu hauen. Sie hatte ihren Gemahl nur eben mit dem Wagen abgesetzt und war dann zu wichtigeren Verrichtungen entschwunden. Freundinnen besuchen. In Herford. Oder war es Versmold gewesen? Egal. Hühnergegacker. Mehr war von ihr nicht zu erwarten. Sie gehörte nicht zu den Frauen, die applaudierend am Wegesrand standen und Anfeuerungsrufe ausstießen, wenn der Angetraute vorbeigetrabt kam.

Eigentlich war es ganz gut, dass sie weg war. So konnte sie keine spöttischen Bemerkungen darüber machen, dass Weidinger nun seinen kleinen Feldstecher aus der Tasche zog und sich auf die Nase drückte, um in dem immer dichter werdenden Gedränge die dünner werdende Lockenpracht und die lange Nase seines Erzgegners zu entdecken. Das war lächerlich, aber es gehörte dazu. Er wollte im gleichen Bus mit Mehlbaum sitzen. Er würde sich ihm ungesehen an die Fersen heften und ihm dann, wie aus purem Zufall und mit dem Ausdruck größter

Überraschung im Gesicht, während der Fahrt auf die Schulter klopfen, sich mit ausgesuchter Freundlichkeit nach seinem Befinden und seinen beruflichen Plänen erkundigen und ihm viel Glück für den Lauf wünschen.

Weidinger grinste. Kein Späßchen war zu platt, um ihm in der passenden Situation nicht gefallen zu können. Der so genannte intellektuelle Habitus war ihm nie Ziel und Richtschnur gewesen, und wenn ein Witz gut genug war, hatte er auch kein Problem damit, sich laut lachend auf die Schenkel zu schlagen. Elitärer Standesdünkel lag ihm fern, Understatement war ihm zu leise, Bescheidenheit zu lustfeindlich. Er hatte ein Foto in der Tasche, das er Mehlbaum unbedingt unter die Nase reiben musste, um zu sehen, wie sein langes Gesicht noch länger wurde. Danach würde er sich schräg hinter ihn setzen und ihn während der ganzen, etwa dreiviertelstündigen Fahrt aus den Augenwinkeln heraus sondieren, um zu sehen, ob er nervös wurde. Und Mehlbaum wurde immer nervös, wenn er sich beobachtet fühlte. Es bedurfte nur ein paar Kleinigkeiten, um ihn an den Rand des Wahnsinns zu treiben. Dann begann sein rechtes Auge zu zucken und er hüstelte pausenlos. Und im Endeffekt wirkten sich solche Irritationen nachteilig auf sein Durchhaltevermögen aus.

Weidinger feixte. Es war statistisch nachzurechnen, dass Mehlbaum in den Jahren, in denen sein Auge besonders stark gezuckt hatte, immer wesentliche Meter während des Rennens verloren hatte, was in den meisten Fällen gleichbedeutend mit einer Niederlage gewesen war. Das übrige Feld spielte in dieser Statistik keine Rolle. Es war alles nur Ambiente, das notwendige Drumherum.

Weidinger reckte sich erneut und schaute nach Westen. Zum Glück war er kein Zwerg, und mit dem Fernglas hatte er einen guten Überblick. Jetzt bog eine Gruppe Finnen um die Ecke der Kindermannstraße. Oder Lappen. Alle mit den gleichen Hemden und bunten Stirnbändern versehen. Wo blieb Mehlbaum? Er würde doch nicht kneifen? Oder sich aus Frust erhängt haben? Haha, das fehlte noch! Das würde ihm tatsächlich den Tag verderben. Aber Unsinn. Mehlbaum war zuverlässig. Ein unermüdlicher Pedant und Erbsenzähler. Von Gewohnheiten rückte er nur selten ab. Das hielt er für Charakterstärke. Und da er im letzten Jahr den Sieg davongetragen hatte, würde er sicher davon ausgehen, in diesem Jahr noch einmal glänzen zu können.

Nachdem er ein drittes Mal die Uhr konsultiert hatte, verließ Weidinger seinen Wachtposten. Vielleicht sollte er doch lieber noch eine Kleinigkeit essen, bevor die Busse losfuhren. Sein Magen knurrte, und der magere Apfel, den er als Notproviant eingesteckt hatte, konnte ihn nicht verlocken. Vielleicht ein Crêpe, ohne Sahne. Das würde nicht schaden, und bis zum Start waren es noch fast zwei Stunden.

Ein letztes Mal schaute er mit dem Feldstecher in die Runde und traf unvermittelt in allernächster Nähe auf die mausgrauen Augen Felix Mehlbaums, die ihn scharf fixierten. Rasch ließ Weidinger das Fernglas sinken. Ja, es war Mehlbaum, keine zehn Meter von ihm entfernt, unauffällig zwischen eine Dönerbude und einen Laternenmast geklemmt. Wahrscheinlich stand er dort schon eine ganze Zeit und beobachtete ihn.

Weidinger ärgerte sich. Nun kam Mehlbaum herangeschlendert, mit einem breiten Grinsen, das seine etwas unregelmäßigen Zähne entblößte. Er schien weniger verunsichert zu sein als sonst, was wahrscheinlich noch auf die Nachwirkungen seines letztjährigen Zufallssieges zurückzuführen war.

„Weidinger! Ich hätte dich kaum erkannt!“,

rief er mit voller Stimme. „Hast du zugenommen?"

„Mehlbaum", spielte Weidinger den Ball zurück, die Frage unbeantwortet lassend. „Du siehst blass aus. Hast du was Falsches gegessen?" Seine Miene war besorgt.

„Danke der Nachfrage, ich erfreue mich bester Gesundheit." Mehlbaum kam näher und schaute sich um. „Ist deine Frau heute nicht dabei?"

„Nein", sagte Weidinger düster, dem nicht daran gelegen war, über seine Frau zu plaudern.

„Keine Zeit, um dich bei sportlichen Großleistungen anzuspornen?" Mehlbaums Stimme klang spöttisch.

„Sie fühlte sich heute Morgen nicht wohl", log Weidinger mit einem Anflug von Verstimmung. Es hätte etwas von einer Niederlage gehabt, zuzugeben, dass Hedwig ganz einfach aus mangelndem Interesse nicht da war, dass sie lieber mit ihren Freundinnen tratschte, statt ihn zu unterstützen.

„Wie schade. Ich schätze sie wirklich außerordentlich!", sagte Mehlbaum immer noch grinsend.

Was sollte dieser Unterton? Sonst war Mehlbaum weniger forsch. Weidinger begann sich zu ärgern. Es wurde Zeit, mit anderen Kalibern aufzuwarten.

„Ich hatte gehofft, dich zeitig zu treffen", sagte er und öffnete den Reißverschluss des grünen Nylontäschchens, das sich um seinen Oberarm geschnallt befand. „Ich weiß nicht, ob du es schon gehört hast, aber es gibt Neuigkeiten. Wir haben etwas gefunden, zu dem ich gerne deine Meinung als Experte hören würde. Ich habe ein Foto dabei."

Mehlbaum bekam wider Willen Stielaugen. Natürlich wusste er, dass das Spielchen waren. Lächerliche, kindische Rituale. Aber mit Weidinger bewegte man sich immer auf diesem Niveau. Er war ein Kindskopf geblieben. Wenn er nicht ständig etwas zum Herausposaunen hatte, erstickte er an seinem eigenen Überdruck.

Weidinger hatte das Foto gefunden. Es zeigte eine Kupfermünze. Wieder einmal eine Münze. Mehlbaum rümpfte die Nase und stieß mit einer Spur von Erleichterung die angehaltene Luft aus. „Davon müsst ihr inzwischen eine ganze Sammlung haben. Fünfhundert? Sechshundert? Was soll damit sein, dass du so aus dem Häuschen gerätst?"

„Siehst du diese Kontermarkierung?" Weidinger drückte seinen breiten Zeigefinger auf die Mitte der Abbildung.

Mehlbaum zog die Augenbrauen zusammen. Die meisten Kontermarkierungen auf römischen Münzen standen in militärischem Zusammenhang. Sie markierten kaiserliche Donationen an die Truppen oder bezogen sich direkt auf militärische Einheiten. Es war offensichtlich, worauf Weidinger hinauswollte. Das VAR der Kontermarkierung war fett und deutlich zu erkennen.

Weidinger plusterte sich auf wie eine Henne, die ein goldenes Ei gelegt hat: „Erkennst du das? Die Varus-Markierung. Bei uns im Grabungsfeld! Und es ist eine Kupfermünze, das Kleingeld der Legionäre. Varus hatte die Autorität, lokale Münzen herauszugeben, und wahrscheinlich auch, kaiserliche Münzen zu kontermarkieren. Es handelt sich also um eine Münze, die von Varus geprägt wurde und die in seinen Legionen in Umlauf war."

Schweigend betrachtete Mehlbaum das Foto und hob dann gelangweilt die Schultern: „Typischer Fall kreativer Münzinterpretation. Aber anders kenne ich dich auch nicht, Weidinger: immer nur die simpelste und plumpste Lösung vor Augen. Die VAR-Markierung ist nicht gerade selten. Und dass VAR nicht gleichbedeutend mit Varus ist, müsste sich inzwischen auch in eurem Landkreis herumgesprochen haben. Du solltest wissen, dass in einem Museum in Rennes eine Münze existiert, auf welcher die Markierung VAR über ein TIBAVC appliziert ist, was, wie du ebenfalls wissen solltest, eine Kontermarkierung des Tiberius ist. Das macht deine These, dass VAR gleich Varus ist, sehr unwahrscheinlich, wenn nicht unmöglich. Das TIBAVC ist auch von Münzen mit der Markierung Drusus des Jüngeren bekannt, um 22 oder 23 nach Christus. Wenn VAR also zeitgleich mit Tiberius anzusetzen ist, kann VAR nicht für Varus stehen, der mit seinen Legionen unterging, fünf Jahre bevor Tiberius im Jahre 14 n. Chr. an die Macht kam. Wie sollte Varus Jahre nach seinem Tod noch die Möglichkeit gehabt haben, seine Markierung auf Tiberius-Münzen zu verewigen?"

Weidinger schwieg. Von dieser angeblichen Münze in Rennes hörte er zum ersten Mal.

„Ich weiß sicher, dass über diesen Fall bereits vor Jahren publiziert wurde, 2001 oder 2002", sagte Mehlbaum freundlich. „Oder liest du keine Fachzeitschriften mehr?"

Weidingers Miene verdüsterte sich. Es stimmte, dass er sich um die Lektüre gewisser Fachmagazine gerne mal drückte. Er war immer eher ein Praktiker gewesen. Er konnte sich nicht ständig in Heftchen und Artikel vertiefen, die aus mehr Fußnoten als Text bestanden. Paulsen, sein Adlatus, der diese Aufgabe in Stellvertretung stets gerne übernommen hatte, schien nachlässig zu werden.

„Ich habe von dieser Münze in Rennes gehört", log er. „Aber ich bin eben anderer Meinung. Und unsere Funde sprechen eine andere Sprache."

„Dass ich nicht lache, Weidinger! Versucht ihr immer noch, das Pferd von hinten aufzuzäumen? Ihr arbeitet nur genau die Fakten heraus, die für eure Theorien sprechen, und alles andere fällt unter den Tisch. Was bedeutet schon eine Münze in Rennes? Und wo liegt dieses Rennes überhaupt? In Frankreich? Das ist ja zum Glück weit weg! Zu weit, als dass 99,9 Prozent eurer Besucher jene Münze jemals zu Gesicht bekommen werden ... Aber das ist unwissenschaftlich, Weidinger, von Grund auf unwissenschaftlich, um keine anderen Adjektive zu gebrauchen!"

„Die Trauben sind mir zu sauer, sagte der Fuchs", konterte Weidinger. „Meinen Äsop habe ich immerhin sehr gut im Gedächtnis, Mehlbaum! Warum werde ich eigentlich nie den Eindruck los, dass bei dir immer eine Spur von Neid im Spiel ist?"

Mehlbaum wurde ironisch. „Nenne es einfach kritische Distanz. Tatsache ist, dass eure Funde immer genau die Sprache sprechen, die ihr ihnen in den Mund legt. Das ist reine Verifikationsmethodik. Solange nichts explizit gegen eure Mutmaßungen spricht, geht ihr davon aus, dass alles, was ihr euch zurechtlegt, wahr ist. Mit Beweisbarkeit müht ihr euch nicht ab. Und sollte euch doch mal die eine oder andere unbequeme Tatsache in die Quere kommen, wird sie einfach ignoriert – oder so lange umgedeutet, bis sie passend ist."

„Immerhin haben wir Fundstücke, mit denen wir arbeiten können, im Gegensatz zu einigen anderen Institutionen in anderen Landkreisen, die ich nicht näher benennen möchte, die sich lediglich auf Wunschdenken und abstraktes Theoriegesäusel stützen!"

Mehlbaums Mundwinkel verzogen sich zynisch, als er Weidinger das Foto wieder aushändigte. „Und an dieser kleinen Münze hängt nun euer ganzes Glück?"

„Wir haben drei von der Sorte!", triumphierte Weidinger, von seiner Mission vollkommen überzeugt. „Aber ich dachte, es reicht wohl, wenn ich dir eine zeige. Die anderen kannst du gerne in natura betrachten. Du weißt ja, dass du jederzeit herzlich in unserem Hause willkommen bist."

„Ja, ich weiß", sagte Mehlbaum. „Und ich glaube ehrlich, dass bei euch ein gewisser Bedarf an unabhängigen, fachlich kompetenten Meinungen besteht. Vielleicht kann ich dir auf die Sprünge helfen, was logische Schlussfolgerungen anbelangt: Selbst wenn diese Münze ursprünglich aus dem Besitz eines römischen Legionärs stammen sollte, was nicht bewiesen ist, hat das nichts zu bedeuten. Das sagt nichts darüber aus, wann und bei welcher Gelegenheit sie in die Erde gekommen ist. Geldstücke haben die Gewohnheit, von einem zum anderen zu wandern. Eben darin besteht die Rechtfertigung ihrer Existenz."

„Es ist aber auch nicht bewiesen, dass die Münze nicht aus dem Besitz eines Legionärs stammt", widersprach Weidinger heftig. „Also können wir mit einer gewissen Wahrscheinlichkeit davon ausgehen, dass sie einem Legionär gehörte, und zwar einem Legionär der Legionen des Varus. Und wenn sie in der Erde gelandet ist, dann doch höchstwahrscheinlich aus dem Grunde, dass ihr Besitzer an dieser Stelle gestorben ist."

„Gott sei Lob und Dank, dass ich nicht an jeder Stelle sterben musste, an der ich mal etwas verloren habe!“ Mehlbaum wurde theatralisch.

„Deine Logik schlägt wirklich mit dem Holzhammer zu, Weidinger! *Post hoc ergo propter hoc.* Nach diesem, also deswegen. Ein logischer Trugschluss, der auf der Annahme beruht, dass zwei aufeinanderfolgende Ereignisse zwangsläufig Ursache und Wirkung sind. Und dann noch in umgekehrter Reihenfolge! Du findest eine römische Münze und schließt darauf, wem sie gehörte. Weil die Münze in der Erde lag und weil es dir gerade so in den Kram passt, gehst du davon aus, dass ihr Besitzer sie verlor, weil er eine germanische Keule auf den Kopf bekam, was er bedauerlicherweise nicht überlebte. Auch die germanische Keule kannst du nicht beweisen, aber falls es eine germanische Keule war, kann das ja nur bedeuten, dass am Fundort der Münze die Varusschlacht stattfand. Und auch ganz explizit die Varusschlacht und keine andere der zahlreichen Schlachten und Scharmützel, die Römer und Germanen sich gerne lieferten … Eine schwarze Katze kreuzt die Straße, und fünf Minuten später breche ich mir ein Bein. Ist dann die Katze daran schuld, Weidinger?“

„Sie ist vielleicht nicht unbedingt zwangsläufig daran schuld, aber sie könnte es sein", beharrte Weidinger. „Indem sie nämlich auf die Straße geschissen hat und du auf der Scheiße ausrutschst!"

„Du bist ein Sturkopf, Weidinger! Das ist doch kein wissenschaftliches Niveau! Reiner Volksglauben! Humbug! Eine zeitliche Abfolge reicht doch nicht aus, um eine Kausalverbindung zu begründen. Was Logik betrifft, zeigt ja meine Großmutter mehr Gespür als du!"

Mehlbaums Großmutter war längst tot. Und Weidinger konnte es nicht ausstehen, wenn Mehlbaum ihm mit Latein kam und über allgemeine Formeln der Logik dozierte. Sein Gesicht rötete sich, seine Hände ballten sich zu Fäusten. Manchmal benötigte er einen Moment, bis er eine treffende Entgegnung fand, und in der Zwischenzeit stieg sein Blutdruck schlagartig an.

In diesem konkreten Fall benötigte er zu lange. Eine Lautsprecherdurchsage versetzte die beiden Wissenschaftler wieder in die Gegenwart des Schulhofs. Die Teilnehmer des Laufes wurden zu den Bussen gebeten. Weidinger steckte sein Foto zurück in die Tasche, und als er wieder aufsah, war Mehlbaum aus seinem Gesichtsfeld verschwunden.

8.

Felix Mehlbaum bahnte sich seinen Weg durch die Menge, um noch einen Platz im ersten Bus zu erwischen. Er hatte nicht die geringste Lust, den ganzen Vormittag Weidingers hirnrissigen Deduktionen lauschen zu müssen. Früher hatte es ihm gelegentlich noch ein gewisses Vergnügen bereitet, sich an solchem Blödsinn zu beteiligen. Aber irgendwann musste man schließlich erwachsen werden. Er war zu rational veranlagt, um dauerhaft Zeit damit zu verschwenden, sich beschränkte Theorien und kleinkalibrige Sticheleien auszudenken. Weidinger jedoch hatte sein Element gefunden und planschte mit nie endendem Eifer darin herum, und er wurde nicht müde, mit immer neuen Dummheiten aufzuwarten, die weder wissenschaftlich haltbar noch kollegial anständig waren.

Vor den Bussen hatten sich lange Schlangen gebildet. Mehlbaum schlüpfte hin und her und schaffte es irgendwie tatsächlich, sich auf einen der vorderen Plätze zu drängen und in einem blaugrünen Reisebus zu verschwinden, noch ehe Weidinger ihn wieder erspähte. Die Sitze rochen nach kaltem Rauch und Desinfektionsmittel. Er ging bis nach hinten durch. Eine Gruppe sportlicher Hausfrauen, die mehrere Sitzreihen im Mittelteil des Busses in Beschlag nahm, begann sich mit Eigengesang auf den kommenden Wettkampf einzuschwören. Sie waren wie eine schützende Wand gegen alles Böse. Sie würden den dummen Weidinger am Gummizug seiner Sporthose fassen und ihn hinausbefördern, wenn er sich reindrängelte und den Frohsinn störte.

Mehlbaum setzte sich hin, wobei er die Knie etwas hochzog. Ihn fröstelte. Die Heizung in dem Bus schien defekt zu sein. Dankbar nahm er eine Decke und legte sie sich über die Knie. Der Veranstalter sorgte für seine Schutzbefohlenen wie eine gute Mutter. Der muntere Damenverein amüsierte sich königlich, aber Felix Mehlbaum, immer noch leicht zitternd, fühlte sich elend. Was machte er eigentlich hier? Warum tat er sich diese Prozedur jedes Jahr wieder an? Wahrscheinlich war es Gewohnheit. So wie man jedes Jahr wieder den Weihnachtstrubel über sich ergehen ließ, weil es eben dazugehörte.

„Es ist das letzte Mal", murmelte Mehlbaum bei sich und schloss die Augen.

In seiner Phantasie war der Hermannslauf wie ein bunter Zuckerguss auf einer Stachelbeertorte, die zyklisch an ihm vorüberzog und von der er sich jahrein, jahraus wieder ein dickes

Stück hinunterwürgen musste. Dabei mochte er gar keine Stachelbeeren. Auch mit der Gewöhnung schmeckten sie nicht besser. Im Gegenteil, mit zunehmender Menge fühlte er einen immer stärkeren Brechreiz. Irgendwann würde er daran ersticken. Der Schlussstrich war schon lange fällig. Seine Nerven waren dünn geworden. Vorhin hatte es ihn fast übermenschliche Mühe gekostet, nicht von dem kleinen Muttermal an Hedwigs linken Oberschenkel zu sprechen. Vielleicht hätte er es tun sollen, damit Weidinger endlich die Klappe hielt.

Der Gesang des Damenvereins war wie ein fernes Echo, das zwischen den Sitzreihen hin- und herschallte. Der Motor des Busses, der inzwischen den Stadtbereich verlassen hatte, brummte gleichmäßig. Mit halb geschlossenen Lidern blickte Mehlbaum aus dem Fenster. Er sah Bäume, nichts als Bäume. Hier irgendwo hatte die Schlacht stattgefunden. In den Wäldern. Das wusste er genau. Ein drei Tage währendes Gemetzel. Zwanzigtausend Tote, mehr oder weniger. Später hatten die Baumwurzeln alles durchdrungen. Zweitausend Jahre hatten sie dazu Zeit gehabt. Kein Wunder, dass niemals etwas gefunden wurde. Der Wald hielt alles fest, um es nie wieder herzugeben. Es war sinnlos, auf

Wunder zu hoffen, und seine Arbeit hatte längst begonnen, ihn anzuöden.

Felix Mehlbaums berufliche Aufgabe bei der Kulturbehörde, die das historische Erbe der Region wahrte und förderte, lag darin, den Mythos von Hermann, dem Cherusker, zu pflegen und zu polieren. Hermann oder besser Arminius, der im Teutoburger Wald die Römer schlug und damit den imaginären Grundstein zur Geburt des ideellen Konstruktes Deutschland legte, war nicht nur eine historische Gestalt, sondern auch ein touristisches Markenprodukt. Das Hermannsdenkmal war das Wahrzeichen der Region, und fünfhunderttausend Besucher pro Jahr hatten weit mehr als nur einen ideellen Wert. Am Glanze Hermanns und der Erinnerung an die Varusschlacht hing somit Mehlbaums berufliche Daseinsberechtigung. Seit jedoch dieses Kaff im benachbarten Niedersachsen den Exklusivanspruch an der Varusschlacht für sich propagierte, war es still geworden im südlichen Teutoburger Wald. Und seitdem vor ein paar Jahren jenseits der Landesgrenze auch noch ein eigenes Museum aus dem Boden gestampft worden war, gingen die Besucherzahlen in Detmold fühlbar zurück.

Die Münzen, die Weidinger immer wieder auftrieb, hatten in der Tat etwas Bedrohliches.

Im Grunde waren das alles unbewiesene und unbeweisbare Spekulationen ohne messbaren Aussagewert. Dennoch nagten und sägten sie unaufhörlich am Stuhl des fachlichen Kontrahenten. Noch mehr Indizien dieser Art würde Mehlbaum nicht überleben. Weidingers Multiplikatoren waren die gewöhnlichen Laien, die historischen Dilettanten, eifrige Schulklassen und lokalpatriotisch angehauchte Bildungsbürger, aus denen sich der weitaus größte Teil der Museumsbesucher rekrutierte. Die wirkliche Relevanz solcher Funde war ihnen unklar. Sie horchten nach dem lautesten Schreier und stimmten mit den Füßen ab statt mit Sachverstand. Und alle strömten in die niedersächsischen Gefilde, wo Varus so übermäßig große Fußabdrücke hinterlassen zu haben schien, um ihrerseits dort Mengen an Eintrittsgeldern zu hinterlassen, Kaffee, Kuchen und Souvenirs zu konsumieren und die Nadel des Besucherzahlen-Oszillographen in förderungswürdige Bereiche schnellen zu lassen.

Der Trend ließ sich kaum noch stoppen. Die Detmolder Variante der Varusschlacht interessierte keine Sau mehr, seitdem eine knappe Autostunde entfernt die gleiche Geschichte, unter Einbeziehung von Originalgänsehaut an den Originalschauplätzen, erzählt wurde. Die Nachfrage nach stichfesten, wissenschaftlichen Erkenntnissen verlief in umgekehrt proportionaler Kurve zum Varus-Eventfeeling. Fördermittel waren eine viel zu warme Dusche, als dass sich jemand freiwillig wieder in die Kälte empirischer Zweifel und erbsenzählerischer Selbsthinterfragung begeben würde. Im Grunde konnte man es Weidinger und Konsorten nicht einmal verübeln.

In Detmold versuchte man im Gegenzug, das gute, alte Hermannsdenkmal aufzupeppen. Gelegentlich schwirrte die Vision eines geplanten ‚Hermannsparks' in der Luft. Ein Erlebnis- und Freizeitpark mit Informations- und Veranstaltungsangeboten, inklusive einer eigenen Waldbühne, auf der Theaterstücke aufgeführt werden und Konzerte stattfinden konnten. Das klang wundervoll. Aber jede dreckige, kleine Münze, die Weidinger ausbuddelte und in der Presse herausposaunen ließ, verwandelte diese Träume in dünnhäutige Seifenblasen.

Mehlbaum war zu müde, um weiter nachzudenken. Er ließ die Augen wieder zufallen, vom sanften Geschaukel des Busses in eine kurze Phase des Halbschlafes gewiegt, in welchem ihn nur noch ein weiches, dreistimmiges ‚Wem Gott will rechte Gunst erweisen' erreichte.

9.

Kommissar Wilke blickte sich um. Stefan Weidingers Büro war schön gelegen, im ersten Stock eines komfortablen Gebäudes, mit Ausblick auf bewaldete Hügel. An den Wänden standen dichtgedrängt Regale, die sich unter der Last von Büchern, Zeitschriften und Magazinen bogen, aber auch Dinge wie kleine Feilen, Pinsel und Lösungsmittel beherbergten. Anscheinend hatte Weidinger gerne mal selber Hand mit angelegt, wenn es darum ging, ein neues Fundstück von seiner Patina zu befreien. Sein Vorgesetzter, ein kleiner Herr mit grauem Anzug, der Einzige, der in der Rangfolge des Hauses noch über Weidinger stand, hatte ihn als echtes Arbeitstier bezeichnet.

„Dass ausgerechnet jetzt so ein Unglück passieren muss!“, klagte er mit weinerlicher Stimme. „Ich habe Herrn Weidinger wirklich geschätzt. Er war bienenfleißig. Hat sich wahnsinnig engagiert. Und die Varusschlacht war so etwas wie sein persönlicher Kampf, wenn ich das sagen darf.“

„Sie dürfen“, sagte der Kommissar, während er sich weiter umschaute. Auf einem der Regale entdeckte er einen umgefallenen Bilderrahmen. Ein Bild von Weidingers Frau, auf dem sie mindestens zehn Jahre jünger aussah und sommerlich frisch gekleidet war.

„Das hat eine Ewigkeit so umgekippt gelegen“, stellte Wilke fest und zeigte Rothmanns den Grauschleier auf seinem Zeigefinger, mit dem er über die Rückseite des Bildes gefahren war. „Völlig eingestaubt. Im Gegensatz zu den Buchdeckeln und Aktenordnern.“

„Vielleicht ist es ihm nicht aufgefallen, dass es umgefallen war“, erwiderte Rothmanns. „Vielleicht merkte er gar nicht, dass er es eines Tages nicht mehr sah.“

„Würde ins Bild passen“, murmelte Wilke. Er wandte sich wieder an den Vorgesetzten, der in einer Ecke stand und glaubte, der Pietät halber schweigen zu müssen.

„Was können Sie uns sonst über Herrn Weidinger sagen?“

„Nichts weiter, als dass er extrem fleißig und zuverlässig war. Ein enthusiastischer Historiker!“

„Meinen Sie damit, ein besessener Vertreter seiner Theorien?“

Das Gesicht des steifen Mannes wurde kühler. „Solche Vokabeln schätze ich nicht sehr. Besessenheit ängstigt die Menschen, obwohl sie im Grunde nichts anderes ist als die völlige Hingabe an eine Idee. An eine große Idee womöglich. Wenn wir in diesen Kategorien denken, war auch Heinrich Schliemann ein Besessener. Aber er hat sein Troja gefunden und der Menschheit damit einen der ganz großen Schätze wiedergeschenkt. Oder denken Sie an Jean-François Champollion, der die Hieroglyphen entzifferte, oder an Howard Carter, der nach sechsjähriger Suche tatsächlich das Grab des Tutanchamun entdeckte. Visionäre waren sie alle."

„Vision und Besessenheit scheinen manchmal nur knapp auseinander zu liegen", brummte Wilke ungnädig. „Es soll auch Visionäre geben, die immer noch nach Atlantis suchen, und da fällt es mir nicht so leicht, eine deutliche Grenze zu ziehen."

„Es besteht kein Grund zu der Vermutung, dass Herr Weidinger in irgendeiner Weise nicht wissenschaftlich gearbeitet hätte", sagte der Vorgesetzte nun misstrauisch. So wie er dastand, in seinem unauffälligen grauen Anzug und der Krawatte in passender Farbe, schien er sich dennoch unvermittelt in einen Zerberus verwandeln zu können, wenn jemand es wagen sollte, sein Haus mit Dreck zu bewerfen.

Der Kommissar schwieg und wühlte weiter in den Akten. Rothmanns hatte sich die Schreibtischschubladen vorgenommen. Aber nichts Auffälliges. Alles war wohlsortiert, abgesehen von einem Bonbonpapier hier und da und einer angebrochenen Tafel Schokolade in der Briefablage.

Wilke blickte den grauen Zerberus an. „Wie waren Herrn Weidingers berufliche Perspektiven?"

„Die waren ausgezeichnet! Noch in diesem Sommer werden wir damit beginnen, ein neues Grabungsfeld zu erschließen. Herr Weidinger hätte die Leitung übernommen. Er hat sich wirklich verdient gemacht um unser Haus. Er hat es mit aufgebaut. Es stehen Fördergelder bereit, die ihm ein angenehmes Arbeiten ermöglicht hätten. Aufstockung des wissenschaftlichen Personals, Teilnahme an internationalen Kongressen usw. Und der Ruhm künftiger Funde wäre zu einem großen Teil auf ihn gefallen."

„Wusste Herr Weidinger davon?"

Der graue Direktor hob seine Schultern. „Es war kein Geheimnis. Seit drei Monaten war klar, dass wir die Fördergelder bekommen. Weidinger konnte sich seine Möglichkeiten ausmalen."

„Das heißt, dass er gerade nun nichts brauchen konnte, das ihm dazwischengefunkt hätte, nicht wahr?"

„Was hätte dazwischenfunken sollen?"

„Vielleicht andere Funde an anderer Stelle? Beweise oder zumindest ernstzunehmende Hinweise, dass die Varusschlacht nicht hier, sondern sagen wir mal, etwa achtzig Kilometer entfernt stattgefunden hätte?"

„Solche Beweise kann es nicht geben, denn die Varusschlacht hat hier stattgefunden! Anderslautende Gerüchte entbehren jeder Grundlage. Die üblichen Neider, die uns gerne die Wurst vom Brot klauen möchten." Der graue Herr lächelte etwas schief.

„Wobei die Wurst auf dem Brot die Form von barer Münze hat und nach Fördergeldern duftet, nicht wahr?"

Der Graue hüllte sich in kontemplatives Schweigen. Vielleicht hatte er die provokante Frage auch gar nicht gehört. Einige Menschen hörten grundsätzlich nur die Dinge, die sie hören wollten.

Kommissar Wilke lächelte listig wie ein Fuchs. „Falls aber doch ein solcher Gegenbeweis aufgetaucht wäre, würde das Herrn Weidinger veranlasst haben, dieses Haus und die Ergebnisse seiner Arbeit mit aller Kraft zu schützen, ja?"

Der Graue antwortete immer noch nicht.

„Was für ein Mensch war Herr Weidinger, abgesehen von seinem Fleiß?"

„Er war ein guter Kollege. Gesellig, freundlich. Jovial, wenn Sie so wollen."

„Beliebt?"

„Sicher nicht unbeliebt. Er erwartete fleißige und korrekte Arbeit von seinen Mitarbeitern. Engagement. Das hätte ihn zu einem guten Leiter unseres Projektes gemacht."

„Kannten Sie Herrn Mehlbaum?"

„Natürlich kannte ich ihn. Jeder kennt jeden in dem Fachgebiet. Man trifft sich gelegentlich zu Gesprächen, auf Vorträgen. Meinungsaustausch zu fachlichen Fragen. Hier kocht niemand nur sein eigenes Süppchen. Wir sind alle eingebunden, auch in überregionale Kreise von Kollegen, Historikern, Kulturwissenschaftlern."

„Was können Sie uns über das Verhältnis zwischen Herrn Weidinger und Herrn Mehlbaum sagen?"

„Nichts. Da gibt es nichts zu sagen. Sie waren Fachkollegen."

„Dass sie nicht immer einer Meinung waren, wissen wir bereits."

„Das kommt in unserem Metier vor."

„Sie würden aber nicht sagen, dass Weidinger und Mehlbaum Feinde waren?"

„Feinde? Das ist ja lächerlich! Geradezu absurd! Feindschaft gibt es bei uns nicht. Wir bewegen uns auf wissenschaftlichem Niveau. Kontroversen werden mit Argumenten ausdiskutiert, nicht mit den Fäusten, falls Sie darauf hinauswollen. Thesen und Gegenthesen werden empirisch belegt, aber nicht durchgesetzt, indem man dem anderen einen Stein auf den Kopf schlägt!"

Als der graue Mann sich der Geschmacklosigkeit seiner Bemerkung bewusst wurde, schwieg er wieder, und Kommissar Wilke war endgültig davon überzeugt, dass es unter der kühlen Oberfläche der Wissenschaftlichkeit mitunter brodelte und kochte wie im Höllenfeuer.

„Da wird alles schön unter den Teppich gekehrt, weil nicht sein kann, was nicht sein darf", sagte Wilke, als er im Anschluss an das Gespräch mit Rothmanns einen Rundgang über den schön bewaldeten Parcours des Museums machte.

„Man könnte vielleicht zugeben, dass ein Wissenschaftler einem fachlichen Irrtum erlegen ist. Das wäre zwar nicht schön, würde der Ehre grundsätzlich aber keinen Abbruch tun. Dass jedoch zwei Exemplare dieser Gattung übereinander hergefallen sind wie wilde Tiere, muss wegretuschiert werden. Wenn man nämlich nicht mehr darauf pochen kann, sich moralisch und intellektuell irgendwie doch vom Pöbel zu unterscheiden, beginnt der Elfenbeinturm zu wackeln, in den man sich so gern verkriecht und von dessen hohen Fenstern aus es sich so bequem und mit angenehmer Distanz auf das gemeine Volk herabblicken lässt!“

Rothmanns grinste. Es war ein offenes Geheimnis, dass Wilke in seinen jüngeren Jahren den Klassenkampf propagiert hatte und mit der Betitelung als ‚Speerspitze des Proletariats‘ in diversen Kampfblättchen abgelichtet gewesen war. Irgendwie hatte er es dennoch geschafft, in den Polizeidienst aufgenommen zu werden. Aber die Herkunft ließ sich eben nicht verleugnen. Sein Vater war ein einfacher Schweißer gewesen.

Kommissar Wilke aber war ganz einfach nur genervt. Weder Stefan Weidinger noch Felix Mehlbaum schienen besonderes Mitleid zu verdienen. Sie hatten sich ihr Schicksal offensichtlich selbst bereitet. Er wünschte Hedwig Weidinger viel Glück für ihr künftiges Leben und Varus, Hermann und allen Bewohnern der Elfenbeintürme dieser Welt die Pest an den Hals.

10.

Stefan Weidinger versuchte bereits zum dritten Mal, seine Frau auf dem Handy zu erreichen. Das seltsame Gefühl, das ihn während des Gesprächs mit Mehlbaum beschlichen hatte, war nicht ganz verflogen. Da war etwas in Mehlbaums Blick gewesen, in der Art, wie er ihn anblickte, das er nicht hatte deuten können. Er glaubte sich zu erinnern, ihn bei irgendeiner Gelegenheit mit Hedwig plaudern gesehen zu haben, zu ihr vorgebeugt, während sie lachend ein Sektglas zwischen den Fingerspitzen drehte. Sie lachte doch sonst nie. Wann und wo war das gewesen? Und wann hatte Hedwig eigentlich angefangen, Mehlbaum zu verteidigen, wenn das Gespräch auf dessen fachliche Misserfolge oder seine geckenhaften Aufmachungen kam? Oder bildete er sich das nur ein?

Weidingers Erinnerung war zu vage, um seinem Unbehagen auf den Grund zu gehen. Die Schlangen vor den Bussen waren immer noch endlos. Unentschlossen trat er von einem Bein auf das andere. Er hatte sich viel zu spät angestellt, und er hasste es, in letzter Minute am Startplatz zu sein. Vielleicht war Hedwig frühstücken gegangen. In einem nahegelegenen Hotel wurde ein reichhaltiger Brunch angeboten, soweit er wusste. Vielleicht trank sie dort einen Kaffee und blätterte in der Sonntagszeitung. Wenn er sie fand, könnte sie ihn ebenso gut mit dem Wagen zum Hermann fahren. Außerdem wurde er das Gefühl nicht los, dass es da möglicherweise etwas gab, das er bislang übersehen hatte. Eine Frage, die er stellen sollte, bevor es zu spät war.

Weidinger bahnte sich einen Weg in Richtung Waldhof und schaute durch die Scheibe der Hotellobby. Natürlich war sie nicht dort. Sie hatte schließlich auch nicht gesagt, dass sie frühstücken gehen würde. Erneut wählte er ihre Handynummer. Aber sie war nicht zu erreichen. Nur die dumme Mailbox. War sie wirklich schon unterwegs nach Herford? Warum hatte er plötzlich das Gefühl, ihr misstrauen zu müssen? Noch an diesem Morgen, als er alleine am Frühstückstisch saß, war er sich fast hundertprozentig sicher gewesen, dass es ihm nichts ausmachen würde, wenn sie ganz aus seinem Leben verschwände. Das war offensichtlich ein Irrtum gewesen.

Weidingers lilafarbene Trainingsjacke bekam bereits Schweißränder unter den Armen. Er hätte sich lieber irgendwo einen Moment hinsetzen und Entspannungsübungen machen sollen, statt sich weiter durch die Menge zu wühlen. Aber plötzlich war da ein Bild vor seinen Augen, das sich nicht wegwischen ließ: Felix Mehlbaum, fünfzehn- oder sechzehnjährig, auf einer Parkbank sitzend mit einem Mädchen. Ein dunkler Pferdeschwanz. Ruth. Ihr Gesicht halbverdeckt von Mehlbaums blonden Schmalzlöckchen, die damals noch ein Stück länger waren. Das Grinsen in seinem Gesicht. Ein smartes Siegergrinsen. Denn er hatte Ruth geküsst, nachdem sein tumber Kumpel Weidinger ihr wochenlang die Schultasche getragen hatte. Eigentlich hatte ihre Freundschaft schon damals zu bröckeln begonnen, auch wenn Weidinger sich bemüht hatte, nicht zu zeigen, wie sehr diese Episode ihn verletzte. Wahrscheinlich wusste Mehlbaum es ohnehin ganz genau. Und es war nicht auszuschließen, dass er sich überhaupt nur aus diesem Grund an Ruth herangemacht hatte.

Weidinger wischte sich ärgerlich über die Stirn. Mehlbaum, dieser hinterhältige Wicht! Es war allein seine Schuld, dass er nun herumlief wie ein aufgescheuchtes Huhn und durch die Hotelgardinen spähte, statt sich an einer der Bustüren einzureihen, wie er es hätte tun sollen. Am Ende würde er gar keinen Platz mehr bekommen, und Mehlbaum würde behaupten, er habe sich vor dem Rennen gedrückt.

Wo war Hedwig? Warum ging sie nicht ans Telefon? Die Zeit begann zu drängen. Die meisten Busse hatten inzwischen die Türen geschlossen und kurvten im Schneckentempo los. Der Transfer von der Bielefelder Altstadt hinauf zum Startbereich am Hermannsdenkmal dauert mindestens fünfundvierzig Minuten, und es war ratsam, nicht in allerletzter Minute einzutrudeln, wenn man sich noch aufwärmen wollte.

Wahrscheinlich ist sie auf der Autobahn, dachte Weidinger. Wenn sie am Steuer saß, telefonierte sie grundsätzlich nicht. Das hatte nichts zu bedeuten. Am Abend würde sie wieder zu Hause sein, und sie würden sich wie üblich anschweigen, während sie sich die Brote schmierten. Alles würde sein wie immer. Er würde ihr von seinem Sieg erzählen und ausmalen, wie er Mehlbaum moralisch zermalmt hatte, und Hedwig würde gelangweilt seufzen und ihn einen Narren schelten. Fast sehnte er sich nach diesem Moment.

Weidinger beschleunigte seinen Schritt, denn der letzte Bus hatte zu hupen begonnen, um die Säumigen zum Aufbruch zu mahnen. Es war reine Sentimentalität, dass er, während er die Stufen erklomm, ein weiteres Mal die Wahlwiederholung drückte, den Kloß in seinem Hals hinunterschluckend.

11.

Als der Bus mit der defekten Heizung sich bis zum Hermann hinaufgewunden hatte, drängte Felix Mehlbaum als erster nach draußen. Die singenden Sonntagssportlerinnen begannen an seinen Nerven zu zerren.

„Auch guter Wein verursacht einen Kater, wenn man zu viel davon genießt", sagte er mit einem uncharmanten Zucken um die Mundwinkel, als er sich an der drallen Vorsängerin vorbeidrückte.

Der gesamte Berg glich einem Ameisenhaufen, der direkt zu Füßen des Hermannsdenkmals die stärkste Aktivität entfaltete. Mehlbaum, der inzwischen Sportschuhe trug und sein kariertes Jackett durch das grelle Mikrofaserjäckchen ersetzt hatte, drängelte sich durch die fröhlichen Scharen. Nachdem er an der Abgabestelle den Plastikbeutel mit seinen Habseligkeiten losgeworden war, schlug er sich in die Büsche auf der Suche nach ein wenig Abgeschiedenheit. Wäre der Tag nur schon vorbei! Könnte er doch bereits den Turm der Sparrenburg sehen, die obligatorischen Hände schütteln und sich dann verdrücken! So schnell wie möglich zurück nach Hause, wo das Sofa und der ewig schnurrende, vierbeinige Weidinger auf ihn warteten. Er würde einen guten Rotwein öffnen, die Augen schließen und einfach das endlose Nichts auf sich einströmen lassen, wobei das wohlgenährte Katzenvieh sich wie eine warme Decke auf seinen Bauch legen und alle Anfechtungen der Welt von ihm fernhalten würde.

Mehlbaum ließ sich auf einem Baumstumpf nieder. Bis zum Start war noch Zeit. Er klettete den Zeitchip um seinen linken Fußknöchel. Dann legte er den Kopf in den Nacken und schaute in den blaugrünen Frühlingshimmel. Die letzten Wochen waren nicht angenehm gewesen. Seine Sekretärin war inzwischen die Einzige, die treu und unverbrüchlich zu ihm hielt. Die gute Frau Wolle. Mit den Jahren wurde sie immer mütterlicher, und während er sich vor acht oder zehn Jahren Vertraulichkeiten verbeten hätte, nahm er heute dankbar den Kamillentee an, den sie ihm zubereitete, wenn er abgespannt aussah.

Das stumpfsinnige Wühlen nach Beweisen, die es offenbar nicht gab, und die zwanghafte Vorstellung, eine Theorie belegen zu müssen, die die Welt nicht reicher und nicht besser machen würde, waren nicht wirklich daseinsfüllend. Vielleicht hatten Weidinger und seine Wühlmäuse Recht, und die Varusschlacht hatte tatsächlich ganz woanders stattgefunden, irgendwo am Arsch der Welt, weit jenseits des Lippischen Landes. Vielleicht war er, Mehlbaum, selbst ein viel größerer Dummkopf als diese halbgebildeten Schatzgräber, weil er immer noch glaubte, dass ehrliche Arbeit irgendwann belohnt würde. Vielleicht sollte er endlich anfangen, über sich selbst zu lachen.

Irgendwo spukte die Karibik noch in seinem Kopf herum, und in diesem Moment auf der Grotenburg, zu Füßen des großen Arminius, der ihn so sehr im Stich ließ, besonders lebhaft. Was hielt ihn eigentlich davon ab, zwei Koffer zu packen, einen Katzenpass für Weidinger zu besorgen und einfach zu verschwinden? Er würde weder Bücher noch das verfluchte Handy mitnehmen und nur noch glücklich und mit leerem Kopf ins blaue Wasser starren und ab und zu einen Fisch an Land ziehen, wenn er hungrig war. Was würde es Hermann kratzen, wenn er, Felix Mehlbaum, der sich als sein persönlicher Großwesir aufspielte, nach Jamaika emigrierte? Er würde es nicht einmal bemerken, denn Mehlbaum, dieser Gralshüter unbewiesener Theorien, war für ihn nicht mehr als eine Laus in dem großen Mantel des Geheimnisses, mit dem er sich umgab.

Vor zwei oder drei Jahren war Mehlbaum so unklug gewesen, die Karibik tatsächlich einmal zu erwähnen. Auch damals waren die Regionalblätter voll gewesen mit Geschwafel über neue Sensationsfunde in anderen Gefilden. Mehlbaum sah bleich und angegriffen aus. Er hätte heulen können vor Wut, und Frau Wolle brühte kannenweise Kamillentee. Kaffee vertrug er kaum noch, sein Magen war gereizt. Tagelang hatte er sich in sein Büro eingeschlossen und sich am Telefon verleugnen lassen, um hämischen Nachfragen und Witzeleien zu entgehen. Sogar die örtliche Tageszeitung, sprich die Dummköpfe, deren Sprachrohr sie war, war ihm in den Rücken gefallen, indem sie ihm indirekt einen Ortswechsel nahelegte, denn wenn er nicht in der Lage sei, brauchbare archäologische Objekte aus dem geschichtsträchtigen Boden Ostwestfalens zu schlagen, bedeute das entweder, dass er sein Handwerk nicht verstehe oder ganz einfach nicht engagiert genug war.

An dem Montag nach dem Samstag, an dem dieser Artikel erschienen war, war Felix Mehlbaum in desolatem Zustand im Büro aufgetaucht und hatte vom blauen Meer und südlicher Sonne gefaselt. Offensichtlich hatte er das Wochenende genutzt, um sich ausgiebig zu bezechen. Frau Wolle hatte Earl Grey statt Kamillentee gekocht und ihm ein halbes Dutzend rohe Eier mit Orange gequirlt, um ihn in einen würdigen Zustand zu versetzen. Dabei hatte sie mit sanfter Entrüstung fortwährend auf Herrn Weidinger, den Scharlatan, geschimpft und Mehlbaum mit Weisheiten wie ‚Was stört es die Eiche, wenn sich die Sau an ihr reibt' und ‚Ein Bart macht noch keinen Philosophen', womit sie auf Herrn Weidingers neueste Mode anspielte, wieder in die richtige Richtung laviert.

Felix Mehlbaum erhob sich und begann langsam auf und ab zu gehen. Es wurde Zeit, sich warm zu machen. Das Müsli lag ihm schwer im Magen. Er hätte besser darauf verzichten sollen. Er begann, locker auf der Stelle zu joggen, um seinen Kreislauf zu stimulieren. Zumindest diesen Tag musste er noch mit Würde hinter sich bringen. Er konnte jetzt nicht verschwinden, aus dem einfachen Grunde nicht, dass er Weidinger einen solchen Triumph nicht gönnte. Seine Uhr ging sekundengenau. Eine Viertelstunde bis zum Start. Wie jedes Jahr gab es drei Startgruppen, eingeteilt nach der im Vorjahr erreichten Zeit. Die Gruppen starteten nacheinander um 11:00 Uhr, um 11:05 Uhr und um 11:15 Uhr. Erststarter wurden automatisch der Gruppe C zugeteilt. Als zusätzliche Gruppe D bildeten die Wanderer und Nordic-Walker außer Konkurrenz den Abschluss. Mehlbaum startete traditionell in Gruppe B, ebenso wie Weidinger. Für die A-Gruppe waren beide nie gut genug gewesen.

Mehlbaum ging zu leichtem Hüpfen über. Hier und da standen Gestalten in Trainingsanzügen zwischen den Büschen und erleichterten sich, bevor es ernst wurde. Die letzten Busse kamen an und ergossen ihre Fracht am Wegesrand. Aus den Augenwinkeln sah Mehlbaum die massige Gestalt Weidingers auftauchen. Ihre Blicke begegneten sich, und sofort setzte Weidinger sich in Bewegung. Mehlbaum joggte ein Stück weiter, um ihm zu verstehen zu geben, dass er an Gesellschaft nicht interessiert war. Aber Weidinger war eine echte Plage, unsensibler als eine Dampfwalze und aufdringlicher als ein Sack Flöhe.

Felix Mehlbaum visierte einen schmalen Pfad an, der durchs Gebüsch führte und das Startfeld umrundete. Zwei, drei Minuten, dann wäre er auf der anderen Seite. Es war schließlich egal, ob er von der linken oder der rechten Seite aus startete. Das Feld würde sich zunächst sowieso nur zähflüssig talwärts wälzen. Die ersten vier- oder fünfhundert Meter waren eine reine Farce, ein dichtes Gedrängel, in welchem sich die Masse träge vorwärts schob, und die Letzten noch nicht einmal gestartet waren, während die Ersten sich bereits der Kurve näherten.

12.

Weidinger war immer noch missmutig, als er den knallgelben Sportdress Mehlbaums, der sich mit schlackernden Bewegungen aufwärmte, entdeckte. Da gab es etwas klarzustellen! Hedwig hatte nichts mit ihren Auseinandersetzungen zu tun, und er würde sich zweideutige Anspielungen verbitten.

Mehlbaum schien ihn allerdings auch gesehen zu haben und begann sich in Richtung eines Waldweges zu bewegen. Was sollte diese Taktik? Hatte er etwas zu verbergen? Wollte er am Ende schummeln? Es war durchaus nicht undenkbar, dass Mehlbaum sich querfeldein durch die Büsche schlug, um sich im Unterholz talwärts zu bewegen und nach zwei oder drei Kilometern ins Feld der Läufer zu stoßen. Das würde in dem Gedränge niemand bemerken, und Mehlbaum würde es einen gehörigen Vorteil verschaffen. Weidinger hatte selbst schon einmal darüber nachgedacht, aber Anstand und Ehre hatten ihn abgehalten. Bei Mehlbaum jedoch konnte man nicht sicher sein.

Weidinger schob seine Ärmel hoch, denn ihm war zu warm, und bewegte sich in Richtung des gelben Sportanzuges. Als Mehlbaum die Dampfwalze hinter sich her rollen sah, blieb er entnervt stehen.

„Können wir uns nicht wie normale Menschen benehmen und einfach nur am Lauf teilnehmen, jeder für sich?“ Er sprach in einem Ton, als hätte er es mit einem schwer behandelbaren Patienten zu tun.

„Nichts anderes ist meine Absicht!“ Weidinger joggte heran, stoßweise pustend, um seine Lungen zu durchlüften.

„Ich wollte nur sicher gehen, dass du den Startplatz nicht verfehlst. Man kann sich hier leicht verlaufen, und zu zweit ist es ja auch viel geselliger auf der Strecke.“

„Wir sind nicht zu zweit auf der Strecke, sondern mit mindestens siebentausend Artgenossen. Da wird es uns beiden nicht langweilig werden“, murmelte Mehlbaum und drehte sich um, weiter seinem Pfad folgend.

„Wie meintest du das vorhin, als du sagtest, du würdest meine Frau sehr schätzen?“, fragte Weidinger so platt heraus, dass er sich selber ärgerte. Er hatte sich keine Blöße geben wollen, aber er war ein schlechter Pokerspieler.

Mehlbaum schaute auf. Seine Augen wurden schmal. Das war erstaunlich! Wer hätte gedacht, dass der träge Gockel tatsächlich noch eifersüchtig wurde? Wahrscheinlich ging es um Besitzstandswahrung. Aber das machte keinen Unterschied. Hedwig ließ ihn nicht kalt, was die heimliche Trumpfkarte, die Mehlbaum in seinem Ärmel wusste, noch wertvoller machte.

„Was soll ich gemeint haben?", fragte er mit gleichgültiger Betonung. „Ich habe sie ein paar Mal gesehen. Auf dem Symposium vor zwei Jahren, unter anderem. Vielleicht habe ich auch ein paar Worte mit ihr gewechselt, ich erinnere mich nicht genau. So sehr hat sie mich auch nicht beeindruckt."

Mehlbaum lief wieder los und verschwand zwischen frühlingsgrünem Strauchwerk. Weidinger folgte mit einigen Metern Abstand.

„Dein Ton gefällt mir nicht!", rief er ihm hinterher.

Mehlbaum reagierte nicht. Er lief einen Schritt schneller. Hatte Weidinger seine Niederlage vom letzten Jahr noch nicht verdaut? Warum setzte er sich nicht irgendwo in ein Eckchen, schüttete sich ein paar Bier rein und verzichtete auf die Teilnahme am Lauf? Er schnaufte doch jetzt schon. Er würde sich sowieso blamieren, noch schlimmer als im letzten Jahr. Ob er dann einen Herzanfall simulieren würde?

Mehlbaum legte einen kleinen Spurt ein. Es

wurde Zeit, an den Start zu kommen. Frau Wolle erwartete, dass er einen guten Platz belegte, und er konnte sie nicht enttäuschen. Der Abstand zu Weidinger vergrößerte sich. Der Boden war uneben. Graue Baumwurzeln bildeten ein abstraktes Muster. Wie Schlangen wühlten sie sich durch den Boden, einige waren echte Stolperfallen. Die Erde war aufgewühlt. Felix Mehlbaum machte einen kleinen Sprung, um eine besonders tückische Wurzelschlinge zu umgehen, und spürte im gleichen Moment seinen linken Fuß an einer anderen Wurzel hängen bleiben.

Scheißdreck! dachte Mehlbaum. Er würde fallen. Er zog den Kopf ein und streckte die Arme vor, um den Sturz abzufangen. Dabei rutschte er in eine grätschende Bewegung und ging in die Knie. Mit dem Ellenbogen stieß er an einen dicken Ast, den der letzte Sturm zu Boden geschleudert hatte. Es fehlte gerade noch, dass er sich verletzte! Sein Ellenbogen war aufgeschrammt, der Stoff der Sportjacke gerissen. Rasch schaute er hinter sich. Dort hinten kam Weidinger angetrottet, die Stirn in Falten, wahrscheinlich im Begriff, sich ein paar dumme Sprüche zurechtzulegen.

Mehlbaum stützte sich auf den Ast, um aufzustehen. Über seinen Handrücken zog sich ein Kratzer, der zu bluten begann. Irgendwo musste er sich geratscht haben. Vielleicht an der rauen Rinde. Unter dem Ast lag etwas. Der Boden war wie umgepflügt. Wahrscheinlich eine Suhlstelle der Wildschweine, die sich nach Regenfällen hier vergnügten. Sie hatten ganz ordentlich gewühlt und dabei offensichtlich etwas zutage gefördert. Es sah wie ein Metallstück aus, noch halb in der Erde steckend. Ein Stück dickes Blech, schlammbedeckt, mit Rost imprägniert.

Mehlbaum schaute ein zweites Mal. Seine Nackenhärchen stellten sich auf. Er war durch und durch Wissenschaftler, und er war wirklich gut. Dass sein Licht in der Vergangenheit so unter dem Scheffel gestanden hatte, lag nicht an seinen Fähigkeiten. Er drehte den Ast ein Stück zur Seite und zog das Metallstück heraus. Es war leicht gebogen und an der oberen Kante verstärkt, wo die Reste von Befestigungen saßen. Mehlbaum schluckte. Es war der Teil eines Helms. Der Nackenschutz eines römischen Legionärshelms. Eine Sensation!

Mit den Fingern rieb er ein paar Bröckchen des getrockneten Schlamms ab. Ein Stück Rost platzte weg. Dabei fühlte er unter dem Zeigefinger eine kleine Unebenheit, eine Vertiefung. Mit etwas Spucke polierte er die Stelle. Er starrte und starrte, als habe er soeben den Eingang in ein neues Universum entdeckt: Die kleine Unebenheit war eine Gravur, die die archäologische Welt erschüttern würde: LEG XIX.

„Hast du dir was gebrochen?“, tönte in diesem Moment Weidingers Stimme, der herangeschnauft kam. Sein Gesicht sah tatsächlich besorgt aus. Es würde ihm den ganzen Tag verderben, sollte Mehlbaum bei dem Sturz seine Kampffähigkeit eingebüßt haben.

„Kein Problem“, sagte Mehlbaum langsam, machte aber keine Anstalten, sich zu erheben. In aller Eile hatte er das Fundstück unter den Ast zurückgeschoben, aber wenn er aufstand, würde der Ast sich bewegen. Mehlbaums Magen zog sich zusammen bei dem Gedanken, was sein bester Feind zu tun bereit wäre, um den Sensationsfund verschwinden zu lassen.

Weidinger schaute ratlos auf den am feuchten Boden sitzenden Mehlbaum. Wollte er da unten Wurzeln schlagen?

„Gib mir die Hand“, sagte er brummig, und streckte dem Gestürzten seine behaarte Pranke hin.

Mehlbaum indessen machte keine Anstalten, sie zu ergreifen. Stattdessen begann er halbherzig, seine Wade zu massieren. Hatte er sich vielleicht doch verletzt?

„Kein Grund zur Sorge. Ich bin gleich wieder auf den Beinen. Ein kleiner Krampf, weiter nichts“, murmelte er wenig glaubhaft.

„Bei Krämpfen am besten gleich aufstehen, das solltest du wissen“, beharrte Weidinger, immer noch mit hilfreich ausgestreckter Hand.

„Lass nur. Danke. Ich habe da eine spezielle Massagemethode.“

„So?“ Weidinger rührte sich nicht.

„Ja“, sagte Mehlbaum knapp, seine Massage intensivierend.

„Ist wirklich alles in Ordnung?“

„Ja, verdammt noch mal! Was ist mit dir los? Du bist doch sonst nicht so fürsorglich!“

„Ich möchte nur sichergehen, dass du aufstehen kannst. Sonst unterstellst du mir bei passender Gelegenheit noch unterlassene Hilfeleistung.“

„Blödsinn!“, rief Mehlbaum. „Tu mir einen Gefallen und behellige mich nicht mit Samariterallüren.“

„Warum so unfreundlich?“

„Ich wüsste nicht, welchen Grund ich hätte, ausgerechnet zu dir besonders freundlich zu sein!“

„Ist dir eine Laus über die Leber gelaufen?“, bohrte Weidinger weiter, der Mehlbaums Verhalten immer merkwürdiger fand.

„Ja, du und deine penetrante Art, mich zu verfolgen und zu behelligen!“, rief Mehlbaum. „Was treibt dich, Weidinger? Du buhlst ja geradezu um meine Aufmerksamkeit, mit deinen lächerlichen Fotos und wurmstichigen Theorien! Sind das immer noch deine Komplexe? Brauchst du am Ende doch noch das bestätigende Kopfnicken des Vertreters der Sozialelite? Du hast nie verwunden, dass bei uns sogar der Hund Fasanenflügel zu fressen bekam, nach denen du dir die Lippen lecktest, und dass ich die Mädchen auf den Mund küsste, denen du die Füße küsstest, nicht wahr? Und dennoch brauchst du meine Approbation! Verschwinde endlich, bevor ich dir wirklich sage, was ich von dir denke!“

Weidinger zog die rechte Braue in die Höhe. Die Beleidigungen prallen an ihm ab. Er witterte etwas anderes. Da stimmte etwas nicht. Er änderte die Taktik.

„Wenn wirklich alles in Ordnung ist …“, sagte er und zuckte die Schultern, sich zum Weitergehen wendend.

„Ja, ja, verschwinde endlich …“, murmelte Mehlbaum noch einmal.

Weidinger trollte sich. Er war nun völlig sicher, dass etwas faul war. Was hatte Mehlbaum vor? Wollte er sich doch heimlich talwärts durch die Büsche schlagen, um sich an die Spitze des Läuferfeldes zu setzen? Zuzutrauen wäre es ihm.

Nach etwa dreißig Metern blieb Weidinger stehen und bückte sich, um sein Schuhband neu zu knüpfen. Aus den Augenwinkeln spähte er zu Mehlbaum, der immer noch auf dem Boden saß und keine Anstalten machte, sich zu erheben. Das war irgendein mieses Spielchen. Er schien zu warten. Weidinger richtete sich wieder auf und ging weiter. Er blickte zur Uhr. Die Zeit wurde knapp, nur noch sieben Minuten bis zum Startschuss. Mehlbaum würde das Rennen versäumen, wenn er nicht bald aufstand.

Ein paar Meter weiter machte der Pfad einen Knick und das Unterholz wurde dichter. Weidinger schaute sich noch einmal um. Er war aus Mehlbaums Blickfeld verschwunden. Die Blätter der Haselnusssträucher bildeten einen zuverlässigen Sichtschutz. Weidinger verließ den Pfad und schlug sich in die Büsche. Ob Mehlbaum doch verletzt war? Vielleicht eine Gehirnerschütterung, die ihn unzurechnungsfähig machte?

Weidinger machte sich so leicht wie eine Feder. Er schlug einen Bogen und ging zurück bis zu einer Buchengruppe, von wo aus er die Stelle einsehen konnte, an der Mehlbaum gestürzt war. Seine Schritte im Laub waren nicht schwerer als ein Windhauch. Dort war Mehlbaum! Sein modisches Sportjäckchen hob sich grell vor dem grauen Boden ab. Er hatte sich hingehockt und wühlte mit den Händen im Laub neben dem Ast. Sein Krampf schien verschwunden zu sein. Was machte er da? Hatte er eine Geheimwaffe versteckt? Eine gefälschte Startnummer etwa? Oder einen zweiten Zeitchip?

Weidinger bog die Zweige auseinander, um besser zu sehen. Nun hielt Mehlbaum etwas in den Händen. Irgendein Ding, das er aus dem Dreck gezogen hatte. Er nahm das alberne Seidentüchlein, das er stets um seinen Hals geschlungen trug, und begann das Teil damit sauber zu wischen. Als ein Eichhörnchen durchs Laub raschelte, hob er ruckartig den Kopf und schaute sich mit aufgerissenen Augen um, die Personifizierung des schlechten Gewissens. Was zum Teufel …?

Es gelang Weidinger, ungehört fünf oder sechs weitere Meter zurückzulegen. In der Ferne fiel ein Schuss. 11.00 Uhr. Das erste Feld startete. Mehlbaum hatte indessen begonnen, seltsame Laute auszustoßen. Mit dreckverschmierten Fingern wischte er sich die Augen, um dann in völlige Verblödung zu fallen: Er hob das dreckige Metallstück, oder was immer es sein mochte, mit beiden Händen in die Höhe, berührte damit seine Stirn, um es dann, in Reichweite des Mundes gelangt, unter Preis- und Dankausrufen immer wieder abzuküssen.

„Bist du bescheuert, Mehlbaum? Was machst du da?“, fragte Weidinger, der sich von hinten angeschlichen hatte.

Der Angesprochene wurde blass.

„Verschwinde! Das geht dich gar nichts an!“, kreischte er mit einer Stimme, in der leichte Hysterie schwang, und versuchte, das Dreckding unter seine Jacke zu schieben.

„Was hast du da?“

„Verschwinde, habe ich gesagt!“

„Hör mal, Felix, ich weiß ja, dass wir uns in der letzten Zeit nicht immer gut verstanden haben. Aber wenn es dir nicht gut geht ... wenn ich irgendetwas für dich tun kann ... wenn du beispielsweise einen Arzt brauchst ...“

„Ich brauche keinen Arzt, mir ist es seit zwanzig Jahren nicht besser gegangen!“, rief Mehlbaum und sprang auf. Keine Spur mehr von Krämpfen oder verstauchten Gliedmaßen.

„Willst du dieses Ding etwa mitschleppen?“, fragte Weidinger misstrauisch. Er schaute abermals zur Uhr. „Es sind nur noch drei Minuten bis zum Start.“

Mehlbaum drehte sich ohne ein Wort um und begann in Richtung der Startlinie zu eilen, wobei er seine Jacke öffnete und sich das mysteriöse Ding in den Hosenbund schob. Weidinger verlor endgültig die Geduld. Mit ein paar ausladenden Schritten sprang er dem offensichtlich durchgedrehten Mehlbaum hinterher und fasste ihn an den Schultern. Mehlbaum versuchte mit ungewohnter Heftigkeit, ihn abzuschütteln, was bei Weidinger den Reflex auslöste, seine Hände in Mehlbaums Jacke zu krallen, um ihn nicht entwischen zu lassen. Die Jacke schob sich hoch, und darunter wurde das Ding, das eindeutig aus Metall bestand und eine leicht gebogene Form aufwies, sichtbar. Weidinger starrte.

„Ja, du siehst richtig!", rief Mehlbaum, der nicht mehr an sich halten konnte. „Damit ändert sich alles! Du bist erledigt! Euer ganzes Gebäude aus Halbwahrheiten und phantastischen Deduktionen stürzt damit ein!"

„Aber das kann doch nicht wahr sein ...", stammelte Weidinger, der nicht weniger Fachmann war als Mehlbaum.

„Doch, es ist wahr!" Mehlbaums Stimme schallte wie eine Trompete durch den Wald. „Und genau hier habe ich es gefunden! Hier an dieser Stelle, in diesem Moment!"

Weidinger wurde blass. „Das ist ein Trick! Ich kenne dich! Das ist irgendein schmutziges Spielchen, um mir eins auszuwischen!“

„So wichtig bist du nicht, dass ich mir diese Mühe machen würde!“

In diesem Moment, während Felix Mehlbaum den Oberkörper straffte, um seinen Worten mehr Gewicht zu verleihen, flirrte ein Lichtreflex über das Metallstück in seinem Hosenbund. Die Gravur wurde sichtbar. Sie leuchtete geradezu, unüberwindbar wahrhaftig und bedeutungsschwer, so dass Weidinger sich mit der rechten Hand ans Herz griff, das einen Sprung tat, als würde es stehen bleiben.

LEG XIX. Die Neunzehnte Legion. Eine der verschollenen Legionen des Varus. Hier beim Hermannsdenkmal! Weidinger fühlte seine Welt untergehen.

„Das ist nicht wahr!“, flüsterte er mit matter Stimme, während er die Augen nicht von dem rostbraunen Schatz wenden konnte.

Mehlbaum indessen rückte seine Jacke wieder zurecht, zurrte den Gummizug fest, um den Hosenbund zu sichern. Dann drehte er sich wortlos um und begann zu spurten, dem Startgelände zu, wo die Menge begonnen hatte, die Sekunden bis zum Schuss zu zählen.

Weidinger brauchte einen Moment, um die Erstarrung abzuschütteln. Dann begann auch er, die lahmen Beine zu bewegen und lief dem neongelben Fleck hinterher, der in der jubelnden Menschenmenge verschwand.

13.

Felix Mehlbaums Arbeitszimmer war auf den ersten Blick schnörkellos, von fast spartanischer Enthaltsamkeit. Auf dem schlichten Schreibtisch stand ein PC samt Zubehör. Als Bildschirmschoner waberten lateinische Zitate durchs All. Alles war sehr aufgeräumt. Die Schubladen des Schreibtisches waren so gut wie leer. Ein paar Faserschreiber, ein Lineal, Büroklammern. Die Fachzeitschriften, mit denen Mehlbaum sich beschäftigt hatte, waren chronologisch geordnet. Es gab erstaunlich wenige Bücher. Mehlbaums digitales Datenmaterial schien jedoch einen immensen Umfang zu haben, wie Rothmanns, der sich mit dem Technikkram besser auskannte als sein Chef, schnell feststellte.

In den digitalen Dateien herrschte strikte Ordnung. Die Handschrift eines Systematikers. Mehlbaum besaß verschachtelte Archive, in denen nach Schlagwortkatalogen das gesamte provinzrömische Wissen Westfalens angehäuft zu sein schien. Quellen in lateinischer Sprache. Tacitus, Paterculus, Cassius Dio. Übersetzungen hatte Mehlbaum anscheinend nicht nötig gehabt. Latein war sein Steckenpferd gewesen.

Die Wände des Raumes waren weiß gestrichen. Keine Bilder, keine gerahmten Zeitungsartikel wie bei Weidinger, keine Pinnwand. Mehlbaum hatte alles gemieden, was die strikte Einfalt unterbrochen hätte. Sein Ideal war der kürzeste Weg, ohne überflüssig Kräfte auf Nebenwegen zu vergeuden. Ein zielgerichteter Geist und wahrscheinlich humorlos. Einzig ein paar schwarze Pinselstriche auf dickem Papier hingen links neben dem Fenster. Offensichtlich von Mehlbaum selbst gefertigte Zeichnungen.

„Das hier ist das Zeichen für Langmut", sagte Rothmanns und deutete auf einen Kringel mit einem Gittermuster in der Mitte. „Und das hier bedeutet Weisheit durch Schweigen."

„Woher weißt du das?", fragte der Kommissar erstaunt.

„Meine Freundin hat letztes Jahr auch so einen Kurs besucht, an der Volkshochschule. Das sind japanische Worte. Meditative Schriftmalerei."

„Kalligraphie nennt sich das", sagte Wilke.

„Ich weiß. Das waren die gleichen Zeichen."

„Wirklich? Ich kann mir allerdings kaum vorstellen, dass Herr Doktor Mehlbaum Kurse an der Volkshochschule frequentierte. Nähe zum

Volk und die Vermischung mit den Niederungen des Daseins scheinen nicht gerade seine Wellenlänge gewesen zu sein."

Kommissar Wilkes Mundwinkel waren nach unten gesunken. Felix Mehlbaum war ihm nicht im Mindesten sympathisch, auch wenn er ihn erst als Leiche kennen gelernt hatte. Noch unsympathischer als Weidinger. Und wahrscheinlich ein Zyniker, insbesondere in Anbetracht der Tatsache, dass seiner Emsigkeit der Lohn versagt geblieben war und stattdessen sein Erzfeind Weidinger zu Ruhm und Ehren gelangt war. Weidinger, der kaum Latein und nicht einmal richtig Deutsch konnte, und der seinen Bauch und sein Gemüt statt sein Abstraktionsvermögen gepflegt hatte.

„Wahrscheinlich hat er Privatunterricht bei einem Zenmeister genommen und ein Vermögen dafür ausgegeben."

„Schade nur, dass er nicht gemerkt hat, dass es mit der Exklusivität nicht weit her war und dass in einem billigen Volkshochschulkursus die ganz normalen Sterblichen genau die gleichen Kringel malen lernen."

In der Tür stand plötzlich Frau Hasenkamp, die Mehlbaums Vorgesetzte gewesen war. Völlig geräuschlos hatte sie sich angeschlichen –

was in Anbetracht ihrer hochhackigen Pumps an ein Wunder grenzte.

„Womit beschäftigte sich Herr Mehlbaum zuletzt?“, fragte Rothmanns.

„Herr Mehlbaum beschäftigte sich immer mit dem gleichen Thema: mit der Verortung der Varusschlacht. Ich bin jetzt seit sieben Jahren hier tätig, und ich habe niemals mitbekommen, dass er sich für etwas anderes interessiert hätte.“

„Herr Mehlbaum war schon hier beschäftigt, als Sie ihre Stelle antraten?“, fragte Wilke.

„Ja, sicher.“ Die Dame mit dem streng geschnittenen Hosenanzug nickte. „Ich weiß zwar, dass sich damals auch mehrere Abteilungsleiter aus dem Hause auf die frei werdende Position beworben hatten, aber solche Stellen werden für gewöhnlich lieber außerhäusig vergeben.“

„Bedeutet das, dass auch Felix Mehlbaum sich um den Posten bemüht hatte?“

„Soweit ich weiß, ja.“

„Dann hat man Sie ihm sozusagen vor die Nase gesetzt?“

Frau Hasenkamp lächelte schwach. „Wenn Sie es so ausdrücken wollen. Aber wie gesagt, das ist nichts Außergewöhnliches. Die wenigsten größeren Institutionen würden Anwärter für leitende Positionen aus ihren eigenen Reihen rekrutieren. So etwas führt meist nur zu Kollegenneid. Das umgeht man, indem man jemanden nimmt, der dem Haus oder der Abteilung direkt bislang nicht verbunden war. Ich war zuvor im Referat für Denkmalschutz tätig."

„Aber das muss doch trotzdem frustrierend für Mehlbaum gewesen sein, ebenso wie für die anderen Mitbewerber."

„In einem gewissen Rahmen vielleicht." Die Dame hob die Schultern. Die Frustrationen ihrer Mitarbeiter schienen sie nicht allzu tief zu berühren.

„Hätte es für Herrn Mehlbaum denn hier im Hause noch irgendeine Aufstiegsmöglichkeit gegeben?"

„Abhängig von seinen Erfolgen. Wenn er wirklich den Ort der Varusschlacht gefunden und seine Theorie bewiesen hätte, würde man wahrscheinlich die gesamte Abteilung umgestaltet und ihm ein eigenes Ressort für Archäologie angehängt haben, in dem er unter eigener Regie nach Belieben hätte schalten und walten können."

„Und was tat er, um dieses Ziel eventuell zu erreichen?"

„Arbeiten, was sonst. Er war wirklich unermüdlich. Ich habe nie einen Menschen gesehen, der so viel las. Manchmal hörte ich ihn Selbstgespräche führen, wenn ich an seiner Tür vorbeikam. Zuerst dachte ich immer, er würde telefonieren. Aber nein – er diskutierte mit sich selbst neue Ansätze durch, zerpflückte Theorien auf ihre Substanz und Haltbarkeit und interpretierte immer wieder die lateinischen Überlieferungen. Er hatte ein unglaubliches Gedächtnis."

„War Herr Mehlbaum ein sympathischer Mensch?"

Frau Hasenkamp runzelte erstaunt die Stirn. „Ist es für einen Wissenschaftler wichtig, sympathisch zu sein?"

„Vielleicht ist es für jeden Menschen von gewisser Bedeutung, Freunde zu haben."

Die Dame schüttelte den Kopf. „Herrn Mehlbaums bester Freund war seine Arbeit, soweit ich das beurteilen kann."

Wilke wurde neugierig. „Stellen wir uns vor, er hätte tatsächlich einen Ort lokalisiert, der als Varusschlachtfeld in Frage käme … Was konkret würde man heute dort finden? Was wäre ein gültiger Beweis?"

„Da begeben wir uns übergangslos in den Bereich der Spekulationen. Metallene Gegenstände wahrscheinlich. Oder besser gesagt: die

Überreste metallener Gegenstände. Zweitausend Jahre sind eine lange Zeit. Was sonst könnte in diesem Boden so lange überdauern, ohne in völlig unkenntliche Fragmente zu zerfallen? Schauen Sie sich ruhig die Funde in Niedersachsen an, Herr Kommissar. Prinzipiell könnten das durchaus Fundstücke sein, wie man sie beim Auffinden eines zweitausend Jahre alten Schlachtfeldes, auf dem Römer und Germanen sich bekämpften, vermuten würde. Es behauptet ja auch niemand, dass die Funde unserer Nachbarn unbedeutend seien. Das sind sie ganz bestimmt nicht! Was den Kollegen aber fehlt, ist der eindeutige Beweis, dass es sich bei ihrem Schlachtfeld – und um ein solches handelt es sich aller Wahrscheinlichkeit nach – um dasjenige aus dem Jahre 9 nach Christus handelt, auf dem Arminius den Varus besiegte."

„Wäre es vorstellbar, einen solchen Beweis noch zu finden? Und wie könnte er aussehen?", fragte Rothmanns, ebenfalls neugierig geworden.

„Er müsste etwas sein, das eine der drei beteiligten Legionen eindeutig identifiziert. Eine Art Visitenkarte, wenn Sie so wollen."

„Wir sind beide keine Archäologen", sagte Rothmanns. „Können Sie ein Beispiel nennen?"

„Da gibt es verschiedene Möglichkeiten. In den Legionen war es durchaus üblich, Gegenstände zu kennzeichnen. Es gab Stempel zum Markieren von Ziegelsteinen, es gab Markierungen an Helmen und anderen Uniformteilen. Und natürlich gab es persönliche Markierungen: Wenn ein Feldherr seinen Namen, seinen Rang und seine Einheit in einen persönlichen Gegenstand hätte eingravieren lassen, wäre das für uns wie ein Schlüssel zu dem Buch mit den sieben Siegeln."

„Aber die Chancen, so etwas noch zu finden, sind gering?" Der Kommissar blätterte in einer der Zeitschriften, die auf Mehlbaums verödeten Schreibtisch lagen. Er sah Zeichnungen und Fotos, vor allem aber unendlich viele, winzig kleine Buchstaben. Die Schrift war wenig leserfreundlich.

„So ein Fund ist unwahrscheinlicher als der berühmte Sechser im Lotto", sagte Frau Hasenkamp. „Da bin ich realistisch. Die meisten archäologischen Funde werden auf Kulturland gemacht. Beim Ausheben von Fundamenten oder auf Äckern. Mit dem Pflügen kann da einiges nach oben befördert werden, wobei es natürlich häufig Schaden nimmt – und sofern es überhaupt entdeckt wird. Stellen Sie sich eine kleine, alte, rostige Münze auf einem frischgepflügten Acker vor, zwischen Schlamm und bräunlichen Schollen. Das geht völlig unter."

„Und an anderen Stellen?"

„Das ist noch viel aussichtsloser. Denken Sie an unsere Wälder! Die Varusschlacht hat, wenn wir den Quellen glauben – und worauf sonst sollten wir bauen – in Wäldern stattgefunden. Wenn sich an der Stelle auch heute noch Wald befindet – was im gesamten Teutoburger Wald nun mal ziemlich wahrscheinlich ist – befinden sich eventuelle Relikte der Schlacht inzwischen ein gutes Stück unter der Erde. Die Humusbildung ist rege. Jedes Jahr fällt neues Laub. Was da zehn Jahre liegt, ist kaum noch aufzuspüren. Und nach zweitausend Jahren ... Generationen neuer Bäume sind gewachsen, und ihre Wurzeln haben alles, was jemals in die Erde gelangt ist, längst durchbohrt und zerstört, oder halten es in großer Tiefe fest. Um dort etwas zu finden, müsste man den ganzen Wald abholzen. Dann könnte man in den feinen Haarwurzeln vielleicht das eine oder andere Metallfragment finden."

„Klingt ziemlich aussichtslos."

„Es ist aussichtslos, auch wenn ich das nicht laut sagen sollte. Das ist ja genau der Grund, warum die Kollegen in Niedersachsen bessere Karten haben: Dort auf den ebenen Flächen und in den waldfreien Senken kann mit einiger Wahrscheinlichkeit gelegentlich das eine oder andere Stück an die Oberfläche kommen, auch wenn bei uns in der Region vielleicht viel mehr Dinge verborgen sind, die aber unter den Wäldern unerreichbar bleiben."

„Und hat Herr Mehlbaum noch an seinen persönlichen Sechser im Lotto geglaubt?"

Frau Hasenkamp öffnete die Hände: „Was hätte er anderes tun sollen?"

14.

Um genau 11.05 Uhr zerplatzte der zweite Schuss im blauen Himmel über der Grotenburg. Der Beifall der Zuschauer brandete auf wie eine Woge, um nach einem Höhepunkt von mehreren Sekunden langsam wieder zu verebben. Das unüberschaubare Feld der Läufer setzte sich schwerfällig in Bewegung. Felix Mehlbaum war in der Menge verschwunden. Weidinger erreichte erst jetzt das Ende des riesigen Pulks, Tausende von Leibern, dichtgedrängt, in bunten Trainingsanzügen oder professioneller Läuferkleidung, die sich wie eine große, wabernde Welle voranzuschieben begannen. Zuerst ging es ein kurzes Stück direkt auf den Hermann zu, dann machte der Weg eine Biegung nach rechts, um das Denkmal weiter unterhalb zu umrunden. Es folgten ein paar hundert Meter durch den Wald. Aufgrund der schmalen Wege und der Bodenbeschaffenheit bewegte sich das Feld langsam wie ein kalter Honigtropfen, der nicht wusste, ob er wirklich fließen sollte.

Vor Weidinger lief eine Gruppe Senioren, vollständig in königsblaue Mikrofaser gewandet. Der Schweiß rann ihm bereits den Rücken runter. Die Angst vor dem Untergang seiner kleinen Welt trieb unkontrollierte Ströme von Adrenalin durch seine Adern. Mehlbaum war ein manipulatives Dreckschwein! Er musste ihn unbedingt aufhalten. Er durfte das Ziel auf keinen Fall erreichen, zumindest nicht mit dem Unterpfand künftigen Ruhmes in Händen. Schließlich hatte er nichts weiter getan als zu stolpern, mit der Nase im Dreck zu landen und dabei aus purem Zufall dieses verfluchte Ding aus einer Schweinesuhle zu ziehen. Das war nicht wissenschaftlich! Und auch nicht gerecht!

Am Zieleinlauf an der Sparrenburg würden jede Menge Journalisten warten, wie jedes Jahr, um den Sieger in Empfang zu nehmen. Es war abzusehen, was passieren würde: Mehlbaum würde sein Fundstück aus dem Hosenbund ziehen und es der staunenden Meute präsentieren, und schon morgen früh würde sein Gesicht die Titelseiten der Blättchen des ganzen Bundeslandes verunzieren, vielleicht auch der ganzen Republik, und triumphierend würde er nicht nur in die Geschichte des Hermannslaufs, sondern auch der Archäologie eingehen. Felix Mehlbaum, der Held von der Lippe! Der Schliemann aus Detmold, der das Vermächtnis des Varus dem Dunkel entriss! Vielleicht würde sogar Hedwig für ihn in die Hände klatschen. Vielleicht würde sie sogar für ihn lächeln und ihm Kusshände zuwerfen, denn sie hatte eine Schwäche für Helden …

Weidinger wurde den Verdacht nicht mehr los, den Mehlbaum ihm mit seinen ungenau hingeworfenen Worten in den Kopf gesetzt hatte. Die königsblauen Senioren vor seiner Nase trabten dicht an dicht. Es ging steil bergab. Weidinger schloss auf und versuchte die Gruppe zu umgehen, was wegen der Enge aber schlecht möglich war. Im Grunde war er ein freundlicher Mensch. Grobheiten lagen ihm fern, aber die Situation erforderte besondere Mittel. Mit ausgefahrenen Ellenbogen drängte er vorwärts und schob zwei Damen mit breiten Hinterteilen auseinander, ein unverständliches ‚Verzeihung' murmelnd. Er musste Mehlbaum wiederfinden, nur das zählte. Das Gezeter in seinem Rücken ließ ihn kalt.

Nach etwa fünfhundert Metern wechselte die Strecke aus dem Waldweg auf eine Asphaltstraße. Das Gefälle war noch immer stark, aber wenigstens war hier genügend Platz zum Laufen. Weidingers Gedanken waren wie ein orientierungsloser Ping-Pong-Ball, der zwischen den Wänden eines begrenzten Raumes hin- und herschnellte und durch die unberechenbaren Aufprallwinkel in völlig unvorhersehbare Richtungen sprang. Er versuchte, sich das Aussehen des Metallstücks, auf das er nur einen so flüchtigen Blick hatte werfen können, ins Gedächtnis zu rufen. Auf den ersten Blick war das ganze Ding rostgesprenkelt gewesen. Vielleicht war die furchtbare Gravur XIX auch nur ein Rostfleck. Vielleicht war das Ganze nur ein dummer Scherz. Das war nicht völlig auszuschließen. Mehlbaum war schon immer ein Scherzbold gewesen, und seine Scherze konnten ziemlich gerissen sein. War es nicht überhaupt vollkommen unmöglich, ein so vollständiges und gut erhaltenes Stück zu finden? Die meisten Funde waren kaum kenntlich, wenn sie aus der Erde kamen, und mussten in mühevoller Kleinarbeit unter Schichten von Korrosionsmasse erst freigelegt werden. War auf der Grotenburg die Bodenbeschaffenheit anders als anderswo? Konnte der Waldboden ein Metallstück auf so wunderbare Weise konservieren?

Es ging immer noch bergab. Als das Feld sich dem Heidental näherte, keuchte Weidinger bereits. Es gab da noch eine andere Episode, die weit zurücklag. Noch weiter als die Erinnerung an Ruth. Über dreißig Jahre. Mehlbaum und er hatten tatsächlich die gleiche Schulbank gedrückt. Das heißt, zwei verschiedene Bänke in der gleichen Klasse. Damals waren sie zehn oder zwölf Jahre alt und so etwas wie Freunde. Genauer gesagt, profitierten sie voneinander: Felix Mehlbaum half Weidinger in den Fächern, mit denen er sich schwertat. Latein gehörte dazu. Ebenso die deutsche Rechtschreibung, die ihm noch heute Kopfzerbrechen bereitete. Die meisten Aufsätze, die er verfasste, ließ er von Hedwig gegenlesen, bevor er sie einem Dritten in die Hände gab. Während der Schulzeit hatte der schmächtige Mehlbaum diese Funktion übernommen und Diktate mit ihm geübt, mit viel Eifer, wenn auch nur mäßigem Erfolg. Weidinger, schon damals ein großer und kräftiger Junge, hatte seinerseits den mageren und etwas verweichlichten Felix Mehlbaum beschützt, wenn er in körperliche Bedrängnis geriet. Das kam immer wieder mal vor, denn für einige Klassenkameraden, die ihn verächtlich Mehlwurm nannten, war er ein verachtenswertes Zwischending zwischen einem Streber und einem Mädchen, die schlimmsten Dinge, die man einem Jungen vorwerfen konnte.

Sie waren in der fünften Klasse gewesen, als jeder Schüler für den Biologieunterricht ein heimisches Tier aus Feld und Wald beschreiben sollte. Mehlbaum, der sich bei solchen Aufgaben stets hervortat, nickte ernsthaft, krauste die Stirn und umgab sich in den nächsten Tagen mit der Aura des Geheimnisvollen. Er machte Andeutungen über eine seltene, bislang unbekannte Spezies, die ihm im elterlichen Garten über den Weg gelaufen sei. Er behauptete, das geheimnisvolle Exemplar erlegt und in der mütterlichen Tiefkühltruhe eingefroren zu haben. Ferner behauptete er, mit dieser Entdeckung in die Geschichte der Forschung einzugehen und außerdem stinkreich zu werden, wenn er das Exemplar zum Ausstopfen verkaufen würde. Weidinger hatte ihm jedes Wort geglaubt. Als die nächste Biostunde jedoch herankam, behauptete der Mehlwurm plötzlich, irgendein Neider habe das tiefgefrorene Weltwunder aus der Kühltruhe entführt, wahrscheinlich, um Ruhm und Ehre selbst einzuheimsen, und so habe er, Mehlbaum, sich schließlich damit bescheiden müssen, einen Igel zu beschreiben.

Dummheiten, natürlich. Aber Weidinger erinnerte sich genau, mehrere Tage lang wirklich enttäuscht gewesen zu sein, weil er das seltsame Tier nicht zu Gesicht bekommen hatte. Damals war er gutgläubig und naiv gewesen und hatte Felix Mehlbaum jedes Wort geglaubt. Und Mehlbaum seinerseits war schon damals ein begnadeter Lügner. Wahrscheinlich war auch die heutige Geschichte nichts als Hochstapelei. Der windige Mehlbaum suchte wieder mal nach einem Anlass, um sich hervortun zu können. Und wenn es am Ende hart auf hart ging, würde er so tun, als habe Weidinger sich das alles eingebildet und als habe es nie einen römischen Nackenschutz mit der Gravur LEG XIX gegeben.

Lautes Gejohle holte Weidinger zurück in die Wirklichkeit. Entlang der Strecke wurde das Gedränge dichter. Die größten Zuschauermassen standen zumeist dort, wo sie die Läufer leiden sehen konnten: Vor ihnen lag der große Ehberg. Bei Kilometer 5,5 begann der langgezogene Anstieg. Über steinigen Boden ging es bergan. Die Beine wurden schwer. Weidinger erhielt harte Knüffe in den Rücken. Er war langsam geworden. Jedes überflüssig angefressene Kilo auf den Rippen rächte sich nun. Ein ganzer Pulk athletischer Fliegengewichte drängte nach und setzte zum Überholen an.

Ächzend arbeitete Weidinger sich vorwärts, während aus der Tiefe seines Langzeitgedächtnisses eine weitere Erinnerung auftauchte, die unverdaut jahrzehntelang vor sich hingedünstet hatte: In der siebten oder achten Klasse hatten sie Lateinunterricht bei Doktor Hüppmann, der den ganzen Winter über Honigbonbons lutschte, in den Pausen ebenso wie während des Unterrichts, um sich vor Grippebazillen zu schützen, die er überall vermutete. Weidinger seinerseits hatte damals eine Vorliebe für eine bestimmte Sorte Kaubonbons, die er ebenfalls ständig lutschte – allerdings nur in den Pausen. An einem blauen Mittwochmorgen jedoch schob er sich während der Lateinstunde einen Kaubonbon in den Mund, vielleicht aus Gleichgültigkeit, vielleicht auch, weil er sich im Lateinunterricht immer irgendwie verloren fühlte und die Süße der Bonbons zumindest eine gewisse Geborgenheit versprach. Es kam, wie es kommen musste: Als er das Verb *cogitare* konjugieren sollte, saß er sabbernd da und bekam den Mund kaum auf, denn so schnell konnte er die klebrige Masse gar nicht loswerden. Der erzürnte Doktor Hüppmann schalt ihn einen ungehobelten Flegel ohne Manieren und verglich ihn mit einem vierbeinigen Wiederkäuer.

„Aber Sie lutschen doch selber die ganze Zeit Bonbons!“, rief Weidinger trotzig und ebenfalls erbost.

Der Doktor war empört. „Das ist etwas völlig anderes. Was soll mir zu so viel Frechheit noch einfallen?“

Da meldete sich der Lateinprimus Mehlbaum

zu Wort: „*Quod licet Iovi, non licet bovi.*" – Was dem Jupiter erlaubt ist, ist dem Rindvieh noch lange nicht erlaubt.

Die ganze Klasse, einschließlich Doktor Hüppmann, hatte sich totgelacht, und Weidinger, der den Witz nicht einmal verstanden hatte, hatte stumm und dumm auf seinem Stuhl gesessen, der rüpelhafte Hanswurst ohne Manieren, die Dumpfbacke, die sich in aller Öffentlichkeit und zum allgemeinen Gaudium ein Rindvieh schimpfen lassen musste und beschämt zu Boden schaute.

Erneut bekam Weidinger Knüffe in die Seiten. Weitere Läufer zogen an ihm vorbei. Er riss sich aus den schwarzen Gedanken los und hielt wieder Ausschau. Das Feld hatte sich schon ziemlich gestreckt. Und dann blieb sein Blick tatsächlich hängen: Da vorne leuchtete ein neongelber Dress wie eine Primel in einem Feld bescheidener Blümchen. Das konnte nur Mehlbaum sein, der eitle Fatzke!

Weidinger atmete auf. Er hatte seinen Rhythmus wiedergefunden. Er stellte die angewinkelten Arme wieder schräg, so dass sie wie ein Räumgerät wirkten, und begann sich mit der plumpen Kraft eines Bulldozers durch das Feld zu pflügen. Der gelbe Fleck hüpfte vor ihm auf und ab wie der Schwimmer einer Angelrute, und Weidinger schwamm und schwamm wie ein mächtiger Karpfen auf ihn zu. Die Steigung machte ihm zu schaffen. Er atmete durch den Mund und schnappte nach Luft. Ein kurzer Blick auf seine Vielzweck-Armbanduhr bewies ihm, dass sein Puls die Schmerzgrenze erreicht hatte.

„Mehlbaum!“, rief er keuchend, als er herangekommen war. „Ich muss mit dir reden!“

Felix Mehlbaum drehte den Kopf nur leicht, und als er den violetten Karpfen hinter sich erkannte, legte er einen Zahn zu.

„Mehlbaum, du wirst gefälligst mit mir reden, oder …“

Oder was?, dachte Mehlbaum. Oder gar nichts, du taube Nuss!

Weidinger mobilisierte alle Kräfte, um ein weiteres Stückchen aufzuholen. „Ich weiß genau, dass das Ganze nur ein Trick ist, Mehlbaum! Eines deiner miesen Spielchen, mit denen du alle anderen für dumm verkaufst!“

Mit einem höhnischen Ausdruck im Gesicht warf Mehlbaum einen halben Blick nach hinten. „Wenn du das glaubst, dann hast du ja nichts zu befürchten. Dann verschwinde und lass mich in Ruhe!“

„Können wir uns nicht wie zwei normale

Menschen unterhalten?“, prustete Weidinger, dem es Mühe bereitete, gleichzeitig zu laufen und zu sprechen.

„Das ist mit dir leider nicht möglich“, versetzte Mehlbaum, der weniger Konditionsschwierigkeiten zu haben schien. „Verschwinde! Bleib mir von der Pelle!“

„So schnell wirst du mich nicht los, Mehlbaum. Ich will das Ding noch einmal sehen! Lass mich wenigstens einen Blick drauf werfen!“

„Du hast bereits einen Blick darauf geworfen. Das muss dir genügen!“

„Einen richtigen Blick, meine ich. Lass es mich wenigstens einmal in die Hand nehmen!“

Mehlbaum antwortete nicht. Er atmete wieder durch die Nase. Weidinger war ein Dummkopf. Mit seinem Gequatsche verplemperte er seine Energie. Wenn er so weitermachte, würde er das Ziel nicht erreichen. Der Ehberg zog sich hin. Es wurde ruhig im Feld, jeder konzentrierte sich auf seinen Rhythmus. Schritt für Schritt ging es bergauf. Die ersten Läufer wurden bereits langsamer. Viele überschätzten sich.

„Wenn du es sehen willst, musst du es dir schon holen!“, rief Mehlbaum plötzlich und spannte seine Muskeln. Sein drahtiger, leichter Körper machte einen Satz nach vorn.

Der Abstand zwischen ihnen vergrößerte sich wieder, und Weidinger mit seinem schwerfälligen und massigen Körper, den er zu mehr Geschwindigkeit in der Steigung nicht anzutreiben vermochte, war den Tränen nahe. Er kämpfte mit jedem Meter. Sein Herz klopfte bis zum Hals, und zum ersten Mal fürchtete er ernsthaft, auf der Strecke zu bleiben. Vielleicht wäre es besser, aufzugeben. Den Lauf und alles andere auch. Eventuell sogar Hedwig. Sie würde sicher bald einen anderen finden, der ihr mehr zu bieten hatte. Vielleicht Mehlbaum. Wäre das nicht komisch?

Er konnte es nicht verhindern, dass ihm ein salziger Tropfen über die Wange lief.

15.

Kommissar Wilke saß noch in seinem Büro, obwohl er eigentlich seit zwei Stunden Feierabend hatte. Er hatte sich einen extra starken Kaffee aufgebrüht, eine Pizza Hawaii mit doppelter Menge Käse vom Lieferservice bringen lassen und die Füße auf den Schreibtisch gelegt. Er liebte die Abendstunden, wenn niemand ihn nervte. Unter dem Schreibtisch stand auch ein halbleeres Bier, den Blicken jedes überraschend Eintretenden umsichtig entzogen.

In der einen Hand ein Stück erkaltete Pizza, blätterte er mit der anderen in den Übersetzungen der lateinischen Texte, die er in Mehlbaums Dateien gesehen hatte. Cassius Dio beschrieb in seiner *Historia romana* die Ereignisse der Varusschlacht besonders eindrucksvoll: *„Als jedoch Quintilius Varus den Oberbefehl in Germanien übernahm und dort als oberster Verwaltungsbeamter regierte, wollte er zu rasch den Wandel schaffen. Er machte den Germanen Vorschriften, als ob sie seine Sklaven seien, und verlangte von ihnen Tribut wie von Untertanen. Das ließen sie sich aber nicht gefallen.“*

Wilke spürte eine ferne Solidarität mit den unterdrückten Germanen. Und Hermann war ein deutscher Spartacus. Oder ein Che Guevara der Zeitenwende. Der Stoff, aus dem man Helden machte. Man gönnte ihm den Sieg und fühlte heimliche Schadenfreude gegenüber den arroganten Römern, die alle anderen Völker als Barbaren betrachteten und dennoch tapsig wie Toren in die Falle liefen, die der Cherusker ihnen stellte.

Im zwanzigsten Absatz folgte die Beschreibung der geografischen Situation des Schlachtfeldes, anhand derer Generationen von Historikern später eine Verortung vorzunehmen versuchten: *„Das Gebirge war mit Schluchten durchzogen und der Boden uneben. Die Bäume standen dicht und waren sehr hoch, sodass die Römer bereits vor dem Überfall der Feinde Mühe hatten, Wege zu bahnen, Bäume zu fällen, und wo es nötig war, Gewässer zu überbrücken. Wie in Friedenszeiten hatten sie viele Wagen und Lasttiere bei sich. Es folgten ihnen auch Weiber, Kinder und sonstiges Gefolge in stattlicher Zahl, was sie zwang, in weitausgedehnter Marschlinie zu ziehen. Zu dieser Zeit kamen heftiger Regen und Sturm auf, was die Römer noch weiter auseinander brachte. Der Boden, der um die Baumwurzeln und Stämme herum schlüpfrig wurde, machte ihre Schritte höchst unsicher. Baum-*

wipfel, vom Sturmwind durchbrochen, stürzten herab und vergrößerten die Verwirrung nur noch. Während sie mit solchen Schwierigkeiten rangen, wurden die Römer ganz plötzlich von allen Seiten von den Germanen umzingelt.“

Gebirge mit Schluchten, reich an Wäldern. Wilke lehnte sich zurück und starrte ins helle Licht der Schreibtischlampe. Das war nun ziemlich allgemein, traf aber grundsätzlich eher auf den südlichen Teutoburger Wald zu als auf die platten Hügel und Senken weiter nördlich.

Bei Paterculus klang die Geschichte freilich ein bisschen anders: „*Eingeschlossen in Wälder und Sümpfe, wurden die Römer Mann für Mann in einem feindlichen Hinterhalt abgeschlachtet, von demselben Feind, den sie ihrerseits stets abgeschlachtet hatten, als ob er Vieh wäre und dessen Leben und Tod von ihrem Zorn oder ihrer Gnade abhängig gewesen war.*“

Also Wälder und Sümpfe statt bewaldeter Berge. Auch gut. Und um diese Begrifflichkeiten wurden nun wissenschaftliche Schlammschlachten geschlagen? Das war ja beinahe lächerlich! Im Grunde war doch alles nur Auslegungssache. Waren die antiken Schreiber jemals selber in Germanien gewesen? Woher kannten sie, was sie beschreiben? Nur aus zweiter, dritter oder vierter

Hand, aufgrund mündlicher Überlieferungen? Vielleicht handelte es sich eher um Stereotypen als um reale, geografische Ortsangaben.

Wilke erinnerte sich an eine Geschichte, die sein Großvater ihm erzählt hatte, als er ein Junge gewesen war. Sie handelte von einer Flucht, die möglicherweise in Zusammenhang mit den Wirren der Kriegszeit stand. So genau wusste er es nicht mehr. In der Geschichte ging es darum, dass seine Großmutter sich mit ihren fünf Kindern in einer Waldhütte versteckte, wo die Familie längere Zeit hauste. Es war ein großer, dunkler Wald voller Wildschweine und Wölfe und anderer Tiere. In den Nächten war es stockdunkel, Käuze schrieen und unheimliche Laute waren zu hören. In Wilkes Phantasie hatte sich die Schilderung mit den Märchen von Hänsel und Gretel und Rotkäppchen vermischt. Als er Jahre später die Hütte tatsächlich sah, war er enttäuscht gewesen: ein sauberes, kleines Holzhäuschen in einem Hain, nahe der Landstraße. Man hatte es gut in Schuss gehalten, und die Großeltern pflegten hier gelegentlich den Nachmittagskaffee einzunehmen.

„Ist das etwa die Waldhütte, von der du mir erzähltest?“, hatte er den Großvater gefragt.

„Ja, natürlich. Das ist sie“, hatte der Großvater geantwortet.

„Und wo sind die Wölfe und die Wildschweine, und wo nisten die Käuze, die so unheimlich schreien?"

„Aber Junge, so etwas habe ich doch niemals erwähnt!", hatte der Großvater kopfschüttelnd gesagt, und der Junge hatte sich über sich selbst geärgert, weil er wusste, dass der Großvater Recht hatte, und er war enttäuscht gewesen, weil die banale Wahrheit seinen abenteuerlichen Phantasien nicht standhielt. So war er um eine aufregende Kindheitserinnerung ärmer geworden. So viel zum Thema Phantasie.

Bei realistischer Betrachtung der Beschreibungen der Varusschlacht und unter Berücksichtigung der Neigung des menschlichen Geistes zu Übertreibungen und Phantastereien konnte man eigentlich nur zu dem Schluss kommen, dass unkonkrete Beschreibungen wie Wälder, Berge oder Sümpfe kaum eine Benennung des tatsächlichen Ortes zuließen. Im Grunde waren das alles Spekulationen, variable Konstrukte, anhand derer jeder gute Lokalpatriot in der Lage war, die Varusschlacht in seinen eigenen Hinterhof zu verorten. Vielleicht lag genau in diesen flexiblen Deutungsmöglichkeiten die Faszination, welche die alte Geschichte noch immer umgab. Vielleicht hatte die Schlacht in Wirklichkeit weder im Osnabrücker Land noch im südlichen Teutoburger Wald stattgefunden, sondern im Harz. Oder in den Niederlanden. Auch für diese Theorien gab es offensichtlich Verfechter. Und war es im Grunde nicht auch vollkommen egal, wo der alte Hermann die Römer gemetzelt und der unglückselige Varus den Freitod gesucht hatte, indem er sich in sein eigenes Schwert stürzte? Was hoffte man zu finden, außer eventuell ein paar vergammelter Metallstücke? Einen Grund, stolz zu sein auf den Flecken Land, auf dem die Schlacht stattgefunden hatte? Häme denjenigen gegenüber, die diesen Flecken nicht besaßen und sich mit ihren Theorien getäuscht hatten? Oder ging es letztlich doch nur um den Strom an Fördermitteln, der mit der Entdeckung des Original-Schlachtfeldes zwangsläufig einherzugehen schien?

Wilke schob die ausgedruckten Seiten zusammen und stopfte sie in seine Schublade. Geld verdirbt den Charakter, dachte er leicht verärgert. Und mit dieser nicht gerade weltbewegend neuen Erkenntnis knipste er seine Schreibtischlampe aus und erhob sich, um noch für ein paar Stunden in sein Bett zu kommen.

16.

Als er die Höhe des Ehbergs erreicht hatte, versuchte Weidinger ruhiger zu atmen. Sieben Kilometer hatten sie hinter sich. Blieben noch vierundzwanzig. Die Passage zum Truppenübungsplatz Augustdorf führte nun mehr als einen Kilometer lang steil bergab durch den Wald. An der Panzerstraße ballten sich wieder Zuschauermassen, wie überall, wo es möglich war, mit dem Wagen bis an die Laufstrecke vorzudringen. Auf der Panzerbrücke standen die Leute Spalier und feuerten die Läufer an. Es hatte durchaus etwas von römischen Zirkusspielen. Leider war Weidinger kein ruhmreicher Gladiator, sondern nur ein mittelmäßiger Dauerläufer mit der Neigung zum Fülligwerden.

An der ersten Verpflegungsstelle waren zu beiden Seiten der Straße Tische aufgebaut. Hunderte gefüllter Trinkbecher standen bereit. Viele Läufer blieben einen Moment stehen, um zu verschnaufen. Weidinger versuchte im Galopp zwei Becher zu schnappen und im Laufen zu trinken, was eine Kunst war, die nur wenige beherrschten. Dann aber sah er, dass Mehlbaum vor ihm seinen Lauf verlangsamte. War er schon erschöpft? Er blieb tatsächlich stehen. Seine Hand schien zu zittern, als er sich einen Becher an den Hals setzte. Hatte er sich mit seinem forcierten Tempo übernommen?

Weidinger verlangsamte seinen Schritt und näherte sich ihm von hinten an. Mehlbaum trank schlückchenweise. Seine schwindende Lockenpracht war im Nacken mit einem kleinen Gummiband zusammengehalten. Er drehte sich nicht um, als Weidinger schnaufend hinter ihm zum Stehen kam, wirkte fast gleichgültig. Mindestens ein Dutzend weiterer Läufer hielt sich in unmittelbarer Nähe auf.

„Mehlbaum“, begann Weidinger mit einer ergeben klingenden Stimme. „Lass mich das Ding noch mal sehen. Ich will es doch nur einmal in Händen halten. Wovor hast du Angst? Dass ich es dir jetzt inmitten all dieser Leute wegnehmen könnte?“

„Ja, ich halte dich für dumm genug, das zu tun“, sagte Mehlbaum kalt, ohne Weidinger eines Blickes zu würdigen. Er stellte den geleerten Becher zurück auf den Tisch und nahm einen anderen. Das schien seine ganze Aufmerksamkeit zu absorbieren.

Hinter Weidingers Lidern begann es zu flackern. Er gab ein stoßartiges Lachgeräusch von sich. Es klang hohl und abgehackt. „Deine Sorge ist unbegründet, Mehlbaum. Was sollte ich wohl tun, um mit dem Ding zu verschwinden? Mich in Luft auflösen? Mich auf einen anderen Planeten beamen lassen? Nur einen Blick, Mehlbaum!"

Felix Mehlbaum schien zu überlegen. In seiner grauen Iris funkelten scharfe Splitter, wie ein dünner Regen aus Metallstaub. Es hatte durchaus seinen Reiz, Weidinger betteln zu sehen. Vielleicht ließ sich das Vergnügen noch multiplizieren, wenn er ihn tatsächlich feststellen ließ, dass das Fundstück authentisch war. Noch waren die Zweifel ein Strohhalm, an den Weidinger sich klammerte. Wenn er ihm diese Zweifel jedoch nahm und durch die Gewissheit des unausweichlichen Untergangs seiner Welt ersetzte, würde ihn das zerschmettern. Ein moralischer Todesstoß. Weidinger würde wie vom Blitz getroffen stehen bleiben und sich nicht mehr rühren. Vielleicht würde er sogar die Sprache verlieren und nur noch mit den Kiemen nach Luft schnappen wie ein dummer, großer Fisch.

Die Aussicht auf dieses Spektakel schien einen gewissen Unterhaltungswert zu besitzen, denn Felix Mehlbaum öffnete nun tatsächlich sein dünnes Jäckchen und zog das Metallstück aus dem Hosenbund. Im Abstand von einem halben

Meter hielt er es Weidinger unter die Nase, mit dem linken Zeigefinger auf die Gravur tippend, die inzwischen vom Scheuern des Gummizuges der Hose ganz blank gerieben war. In seiner Stimme lag unverhohlener Triumph: „Sei ehrlich, Weidinger: Was ist deine Meinung als Fachmann? Was könnten diese Buchstaben bedeuten?“

Weidinger stand mit hängenden Schultern da und starrte auf die unglückselige Gravur, die den Fund so zweifelsfrei und unbestreitbar identifizierte, dass er in seinem Herzen einen schmerzhaften Ruck fühlte. Für den Bruchteil einer Sekunde glaubte er, es könne ein Herzinfarkt sein. Fast wünschte er es. Dann hätte er seine Ruhe, und alle anderen würden bereuen, ihn so schlecht behandelt zu haben. Aber das war Unsinn. Sein dummes Herz schlug genauso gleichförmig weiter wie zuvor.

„Es scheint eindeutig zu sein“, sagte er gedehnt. In seinem Kopf arbeitete es. Er streckte die Hand aus und fuhr mit der Spitze seines Zeigefingers über das rostige Metall. Die Berührung ließ ihn schauern.

„Können wir uns nicht irgendwie einigen, Felix?“

Mehlbaum zog die Brauen hoch. „Einigen? Wie meinst du das?“

Lasch hob Weidinger die Hände. „Lass mir wenigstens etwas Zeit, um ein paar Angelegenheiten zu regeln. Ich könnte bei uns im Hause diverse Dinge umstrukturieren. Einige andere, die wir kürzlich in die Wege geleitet haben, müsste ich absagen. Angebote im Tourismusprogramm für den kommenden Sommer. Kindergeburtstagsfeiern mit einem Auftritt Hermanns, des Cheruskers. Solche Dinge eben. Ich könnte auch den letzten Artikel widerrufen, den ich …"

„Meinst du das Interview in diesem Käseblatt vor zwei Wochen, in dem du mich als blinden Wanderer bezeichnetest, der nicht merkt, wie weit er vom Weg der Wahrheit abgekommen ist?"

„Ich habe deinen Namen nicht genannt!"

„Aber du hast mich gemeint, oder täusche ich mich? Oder haben sich all die vielen, guten Menschen getäuscht, die mir diese Zeitung hämisch oder mitleidig unter die Nase gehalten haben und mir nahelegten, mich doch vielleicht auf eine Stelle in einem Heimatmuseum im Bayerischen Wald zu bewerben, nahe der tschechischen Grenze?"

„Das war nicht meine Absicht!", rief Weidinger.

„Du erbärmlicher Heuchler! Natürlich war

es deine Absicht! Du hast in den letzten zwanzig Jahren niemals eine Äußerung getan, mit der du mich nicht hättest ohrfeigen oder demütigen wollen. Manchmal hatte ich sogar den Eindruck, dass deine innere Abneigung gegen mich dir immer mehr Anlass zum Handeln war als die Erlangung wissenschaftlicher Erkenntnisse, und dass deine so genannten Erfolge immer besonders befriedigend für dich waren, wenn du mir damit persönlich eins auswischen konntest."

„Das ist nicht wahr!", stammelte Weidinger.

„Doch, es ist wahr! Schon immer hattest du diesen Drang, mich niederzumachen, mich klein zu sehen. Schon seit der Schulzeit. Und ich habe es nie wirklich verstanden. Warum, Weidinger? Was für eine Art Komplex ist es, der dich antreibt, dich immer vor aller Welt auf eine so indiskrete Art und Weise beweisen zu müssen und mich dabei ständig mit Dreck zu bewerfen? Geht es dir besser, wenn es mir schlecht geht? Was habe ich dir getan?"

„Das kann ich dir genau sagen!", brüllte Weidinger, von einer Wutwelle überflutet. „Das kann ich dir sagen, Mehlbaum: Du bist ganz einfach ein privilegiertes Arschloch! Immer dieses elitäre Getue, schon damals! Wenn ich zu euch nach Hause kam, hat deine Mutter mich zuerst ins

Badezimmer geschickt, damit ich mir die Hände wasche. Als würde ich euer Haus beschmutzen oder dich mit irgendwelchen Krankheiten anstecken! Und immer dein Getue, wenn du mir mit den Diktaten geholfen hast, als wäre ich dir zu ewigem Dank verpflichtet. Zum Kotzen war das!"

„Du kannst nicht bestreiten, dass ich dir geholfen habe. Dass das solche Spuren in deinem Gemüt hinterlassen hat, bestätigt meine Überzeugung, dass du eine von Grund auf verunsicherte und mit Komplexen durchsetzte Persönlichkeit bist. Musst du deshalb immer am lautesten schreien, Weidinger? Fürchtest du, dass man dich sonst übersehen könnte? Im Grunde bist du doch selbst davon überzeugt, nichts wert zu sein und unsichtbar zu sein, wenn du die Leute nicht ständig mit der Nase darauf stößt, dass du existierst."

Nun war Weidinger an der Reihe, höhnisch zu lachen. „Mehlbaum, du Würstchen, du hast doch nur nicht verwunden, dass ich, der Bengel mit den dreckigen Pfoten, dieses mit proletarischem Dreck behaftete Schmuddelkind, das bei euch am Tisch dankbar die Reste gegessen hat, weil es zu Hause kein Cordon bleu und keine Mousse au Chocolat bekam und dem du mit der Herablassung eines Almosengebers die Kommafehler anstreichen durftest, dich so meilenweit überflügelt hat! Du kannst doch nur nicht ertragen, dass ich dir nicht nur ebenbürtig bin, sondern sogar überlegen, und etwas wirklich Großartiges aufgebaut habe, während du in deinem eigenen Hause nur der Ohrfeigeneinstreicher vom Dienst geblieben bist, trotz all deiner schön polierten Sätze und deinem lateinischen Herumgewichse, hinter dem leider niemals eine wirkliche Leistung zum Vorschein kam. Du bist ein Maulheld, Mehlbaum, und deine gesamte Belegschaft wäre froh, dich los zu sein, damit man endlich mit Würde und ein bisschen Intelligenz die Richtung ändern und den Irrweg verlassen könnte, auf dem du sie alle in die wissenschaftliche Wüste geführt hast!“

Mehlbaums Lächeln war dünn. „Du vergisst, was ich hier bei mir trage, Weidinger! Ab dem heutigen Tag wird mich niemand mehr loswerden wollen, und all die Dummköpfe und Leerschwätzer, die mir in den Rücken gefallen sind und an meiner Demontage schraubten, werden schon morgen früh angekrochen kommen, um Abbitte zu leisten und um gut Wetter zu schleimen. Vor meiner Tür werden sie Schlange stehen! Ich höre schon ihre Füße scharren. Ich sehe schon, wie sie sich winden. Die Türklinke werden sie sich in die Hand geben. Ich weiß doch, was sie treibt! Das gleiche wie dich, Weidinger: Die grenzenlose Sucht, sich in einem Sonnenstrahl des Erfolgs baden zu können und vielleicht auch nur in dem Reflex eines solchen Sonnenstrahls, der sich an diesem Fundstück in meinen Händen brechen wird!"

Wie zur Bestätigung strich sich Felix Mehlbaum mit einem beinahe durchgeistigten Lächeln über den Bauch, wo er den Rest der Neunzehnten Legion wohlgeborgen wusste.

„Die wissenschaftliche Wüste überlasse ich ab heute dir, Weidinger. Wie viele Stellen werdet ihr in eurem so genannten Varusschlacht-Museum halten können, wenn am Montagmorgen die Wahrheit über die wiedergefundene Neunzehnte Legion in der Presse erscheint? Die Leute werden nicht nur ausbleiben, sie werden euch weglaufen! Wie viele Fördermittel werdet ihr im nächsten Haushaltsjahr noch bekommen? Oder werdet ihr gar etwas zurückzahlen müssen? Wie werdet ihr eure Verschwendungssucht der letzten Jahre rechtfertigen? Jeder halbwegs anständige Historiker hat doch schon seit Jahren darauf hingewiesen, dass bei euch mehr Schein als Sein vorhanden ist und die Beweisführung im

Argen liegt. Und du hast diese Bedenken immer abgetan und anderen Leuten die Worte im Mund herumgedreht. Neider hast du uns genannt! Wie wirst du nun aus deiner persönlichen Verantwortung herauskommen?“

Weidinger antwortete nicht. Stumm starrte er vor sich hin, die Augen auf Mehlbaums Jacke geheftet, unter welcher die Umrisse des unsagbaren Schatzes, den irgend so ein blödes Wildschwein freigelegt hatte, deutlich hervortraten.

17.

Und wenn er Mehlbaum umbringen würde? Irgendwo im Wald, wo man ihn nicht so schnell fand? Vielleicht erwürgen. Seine Hände waren kräftig genug. Und dann würde er ihm das verfluchte Ding abnehmen und in seinen eigenen Hosenbund stecken. Bis jetzt wusste niemand anders davon. Niemand hatte es gesehen. Es existierte noch gar nicht.

Weidinger wischte sich über die Stirn. Schweigend stierte er Mehlbaum an. Er sah seinen Mund sich bewegen, ohne zu hören, was er sagte. Ja, vielleicht wäre das die Lösung. Vielleicht sollte er das wirklich tun. Es wäre eine Option. Mehlbaum verdiente es nicht anders. Und dann, wenn ein bisschen Gras über die Sache gewachsen war, im Herbst vielleicht, würde irgendein Praktikant bei Grabungsarbeiten, etwa achtzig Kilometer nordwestlich von hier, auf den Nackenschutz eines Helmes der verlorenen Neunzehnten Legion stoßen. Vielleicht im Oktober, passend zu Hedwigs Geburtstag. Oder Anfang Dezember zu seinem eigenen. Damit wäre nicht nur seine persönliche Existenz gesichert, sondern die Existenz des gesamten Unternehmens Varusschlacht. Die Menschen würden in Strömen kommen, um das Sensationsstück zu sehen. Er selber würde wahrscheinlich einige Monate lang durch die Fachpresse gereicht werden, wobei er, immer bescheiden bleibend, mit einer gewissen Demut auch seines unerwartet aus dem Leben geschiedenen Fachkollegen gedenken könnte, dem nun – gnädiges Schicksal – die Kenntnis dieser Niederlage erspart blieb. Und zu Silvester würde er mit Hedwig auf die Malediven fliegen, endlich einmal Urlaub, so etwas wie die zweiten Flitterwochen, und die Sonne würde ihr blasses Gesicht wieder mit Lebendigkeit füllen.

„Du weißt, dass du erledigt bist, Weidinger", sagte Mehlbaum in diesem Moment, und der Traum stürzte ein.

Die Aprilsonne war sehr warm geworden. Der Schweiß rann Weidinger in Strömen den Nacken hinunter. Mehlbaum schien hingegen nicht zu schwitzen. Er sah noch immer aus wie aus dem Ei gepellt mit seinem modischen Fummel und dem lächerlichen Seidentuch. Vielleicht sollte er ihn damit erdrosseln. Das wäre eleganter als erwürgen. Oder noch besser sollte er ihm das Genick brechen, als wäre er unglücklich gestürzt. Das wäre wirklich gut! Und warum eigentlich nicht?

Diese Gedanken bewirkten, dass trotz der prekären Lage die Spur eines Lächelns auf Weidingers Lippen trat. Die Vorstellung, Mehlbaum reglos und auf ewig schweigend irgendwo im Unterholz liegen zu sehen, setzte einen Strom von Endorphinen frei, der ihn selbst überraschte. Unaufhaltsam begann das gute Gefühl sich durch seine Blutbahnen zu schlängeln. Die Lage war nicht völlig aussichtslos. Er hatte noch eine Chance. Er musste sich an seinem eigenen Schopf aus dem Sumpf ziehen, und wenn Felix Mehlbaums Leiche ihm dabei als Trittbrett dienen konnte, würde er sich an den Gedanken gewöhnen, seinen Fuß auf ihn zu setzen.

„Manchmal machst du den Eindruck, als wärst du nicht ganz bei Trost“, sagte Mehlbaum und schüttelte mit einer Spur von Unbehagen den Kopf. „Starrst vor dich hin wie so ein Minderbemittelter!“

„Was immer du sagst oder von mir denkst, ist völlig ohne Bedeutung, Mehlbaum.“ Weidingers Stimme hatte eine beunruhigende Gelassenheit gewonnen. „Die Sache wird sich regeln, so oder so.“

„Wie meinst du das?“, fragte Mehlbaum, den die kaltgewordenen Augen seines Gegenübers frösteln ließen.

„Das wirst du schon sehen. Es ist noch nicht aller Tage Abend.“

„Du bist ja krank! Deine Reaktion trägt geradezu neurotische Züge, Weidinger. Du begegnest der Situation, indem du sie ignorierst!"

„Ich ignoriere sie nicht. Wie könnte ich wohl?"

Mehlbaum hatte ein gutes Gespür für schleichende Gefahren. Er fühlte plötzlich das dringende Bedürfnis, wieder mehr Abstand zwischen sich und Weidinger zu legen, dem die Sonne offensichtlich die Reste des Verstandes wegschmorte. Es wurde ohnehin Zeit, weiterzulaufen. Wer konnte ahnen, auf was für hirnrissige Ideen der fette Karpfen sonst noch kam? Die Kostbarkeit musste in Sicherheit gebracht werden.

Mehlbaum kannte all die Berichterstatter der großen und kleineren Tageszeitungen und Blätter, denen er immer wieder unermüdlich seine Theorien dargelegt hatte. Direkt hinter der Ziellinie würde er sich ein paar von ihnen schnappen. Er würde sie um sicheres Geleit bitten, und dann, an einem ruhigen Ort, in bescheidener Aufrichtigkeit das erste und einzige Relikt der Neunzehnten Legion hervorzaubern. Die Sache würde sich wie ein Lauffeuer verbreiten.

Weidinger starrte immer noch. Dann öffnete er mit einer beinahe unterwürfigen Geste die Hände. „Felix, lass uns noch einmal reden …"

Aber Mehlbaum hatte ihm bereits den Rücken zugewandt und sich wieder in Trab gesetzt.

Hinter der Verpflegungsstelle folgte ein kurzer, unangenehmer Anstieg. Der Sennerandweg oberhalb des Truppenübungsplatzes zog sich in die Länge. Das Profil war leicht wellig. Erst bei Kilometer 12 entfernte sich die Laufroute wieder vom Übungsgelände. Es ging nach rechts ab in den Wald, abermals leicht bergauf.

Weidinger trabte in mäßigem Tempo etwa dreißig Meter hinter Mehlbaum her, ohne den Abstand zu verringern, aber auch, ohne ihn größer werden zu lassen. Mehlbaum seinerseits machte keine Anstalten, sich vom Feld abzusetzen. Er lief im Schutz eines geschlossenen Pulks. Es war die Gruppe Finnen, die Weidinger schon in Bielefeld gesehen hatte. Sie joggten in fröhlichem Gleichschritt dahin, fast lächelnd, ohne Anzeichen von Ermüdung. Sie schienen ihre Kräfte zu sparen, vielleicht für einen späteren Überraschungsspurt. Mehlbaum hielt einstweilen wacker Schritt mit ihnen. Er war zäh und ausdauernd. Zweifellos war es einer seiner Trümpfe, dass man ihn auf den ersten Blick leicht unterschätzte.

Weidingers hasste die scheinbare Leichtigkeit,

mit der Mehlbaum sich immer über die Runden rettete. Einerlei, wie sehr er sich selber auch bemühte, hatte am Ende immer Mehlbaum die Lacher auf seiner Seite. Einmal, es mochte sicher zehn Jahre her sein, hatte Mehlbaum ihn auf einem Kollegentreffen mit scheinbar freundlichem Lächeln vor versammelter Runde auf einen Aussprachefehler hingewiesen. Als wäre das völlig normal. Vielleicht war es auch normal gewesen. Und völlig harmlos. Doch als Weidinger jetzt daran dachte, fühlte er im Nachhinein noch die Beschämung und glaubte sich an ein höhnisches Zwinkern in Mehlbaums Augen zu erinnern. Er ballte die Fäuste.

Mehlbaum war ein unermüdlicher Wühler, der typische Gebetsmühlendreher, der auch nicht überdrüssig wurde, zum dreitausendsten Mal der gleichen Idee nachzuhängen und ebenso viele Male die gleichen Steine umzudrehen, in der ungebrochenen Hoffnung, doch noch irgendein winziges Indiz darunter zu finden, das die ganze Welt bislang übersehen hatte. Und so einem half tatsächlich das Glück in Form einer grunzenden Rotte Wildschweine. Die Welt war ungerecht und zum Kotzen!

18.

„Frau Weidinger. Es tut mir leid, Sie noch einmal behelligen zu müssen, und das so kurz nach der Beerdigung. Aber es sind noch einige Fragen offen. Ein paar Dinge, auf die wir uns keinen Reim machen können."

„Kommen Sie nur herein", sagte Frau Weidinger und öffnete die Tür zu ihrer Küche. Dort war alles blitzblank und freundlich. In den Blumentöpfen vorm Fenster blühten üppige Hyazinthen. An den Wänden hingen Bilder mit Sonnenblumen, hell gerahmt. Alles roch frisch und zitronig.

Frau Weidinger trug Jeans und ein kariertes Herrenhemd. Offensichtlich hatte sie sich mit Malerarbeiten beschäftigt. Im Spülbecken lag ein dicker Pinsel, aus dem cremige Farbe quoll und sich mit einem Wasserfaden vermischte. Der Hahn war nicht richtig geschlossen. Hedwig Weidingers Wangen wirkten frisch belebt.

„Sie sind am Renovieren?", fragte Wilke überflüssigerweise.

„Ja. Ich versuche mich zu beschäftigen. Etwas Neues zu beginnen. Das ist besser als zu grübeln. Ändern lässt sich ja doch nichts mehr."

„Sie nehmen Ihr Leben jetzt also selbst in die Hand", stellte der Kommissar fest.

„Ja. Vielleicht hätte ich das viel früher tun sollen."

„Das klingt beinahe so, als wäre es Ihrem Mann nicht recht gewesen, wenn Sie ein eigenes Leben geführt hätten. War er wirklich so dominant?"

Frau Weidinger bekam wieder diesen langsamen Blick. Sie zuckte die Schultern. „Ich weiß es nicht, ehrlich gesagt. Vielleicht hätte er nichts dagegen gehabt, wenn ich mir eine Arbeit gesucht hätte. Möglicherweise hätte er nicht einmal bemerkt, wenn ich an fünf Tagen in der Woche morgens das Haus verlassen hätte. Ich kam mir manchmal vor wie ein Möbelstück, das immer in der gleichen Ecke steht."

„Sie hätten sich ein eigenes Leben aufbauen können. Wenn keinen Beruf, dann doch Hobbys, Freunde."

„Ja. Vielleicht hätte ich das gekonnt. Theoretisch. Aber irgendwie konnte ich es auch nicht. Ich war wie gelähmt. So als würde ich schlafen. Oder als würde mein Mann schlafen und ich wäre nur ein Teil seiner Träume, der nicht handeln kann, ohne dass er die Handlung zuerst geträumt hat."

„Das klingt traurig, Frau Weidinger."

„Vielleicht bin ich einfach nur dumm. Vielleicht bin ich fünfzehn Jahre lang dumm gewesen. Ich mag ehrlich gesagt nicht darüber nachdenken. Wenn ich zurückblicke, muss ich heulen. Darum versuche ich, nach vorne zu schauen."

Rothmanns blickte auf den Pinsel in der Spüle.

„Wir würden gerne einen Blick ins Arbeitszimmer Ihres Mannes werfen", sagte der Kommissar. „Er hatte doch sicher ein Arbeitszimmer hier im Haus?"

Frau Weidinger nickte, nun etwas verlegen. Wieder dieses flüchtige Erröten, das sie so viel jünger aussehen ließ.

„Natürlich können Sie das Zimmer sehen ..."

Sie zögerte. „Es mag vielleicht gefühllos erscheinen oder überstürzt. Ich war gerade dabei, das Arbeitszimmer neu zu streichen. Ich habe es ganz ausgeräumt. Die Sachen stehen in Kartons im Flur. Einiges habe ich schon in den Keller gebracht."

„Ach, Sie renovieren das Arbeitszimmer Ihres Mannes?", fragte Rothmanns verblüfft. „Seine Beerdigung war doch erst vor zwei Tagen. Erscheint es Ihnen da nicht etwas verfrüht, schon gleich sein Arbeitszimmer aufzulösen?"

„Meinen Sie, es würde einen Unterschied machen, wenn ich noch zwei Wochen wartete?", fragte Frau Weidinger nun kühl und ruhig. „Meinen Mann kann es doch nicht mehr stören. Er kommt ja nicht zurück."

Ihre Augen waren weiter als die Savanne. Rothmanns fühlte ein leichtes Schaudern. Kaltherzige Frauen ängstigten ihn.

„Wir würden das Zimmer trotzdem gerne sehen", sagte Wilke. „Und die Sachen Ihres Mannes. Wir sind noch immer auf der Suche nach einem Hinweis, nach einem Fingerzeig, der die Eskalation erklären könnte."

„Wenn Sie wollen, schauen Sie sich nur um."

Frau Weidinger ging voran. Auf den Treppenstufen, die in die erste Etage führten, standen blaue Plastiksäcke.

„Für die Altkleidersammlung", sagte Frau Weidinger ohne Wimpernzucken. „Es sind die Anzüge meines Mannes. Und da ich niemanden kenne, der sie haben will ..."

Sie sprach nicht zu Ende. Wilke runzelte die Stirn. Die Sympathien, die diese Frau vielleicht bei ihm gehabt hatte, schwanden dahin. Natürlich kam es darauf nicht an. Vielleicht wusste sie das. Vielleicht legte sie auf Sympathien gar keinen Wert. Sie dachte nur noch an sich selbst. Das war ihr gutes Recht.

„Hier in den Kartons sind seine Akten. Mit

denen hat er sich in seiner Freizeit beschäftigt. Seine privaten Forschungen sozusagen."

Rothmanns bückte sich und öffnete einen der Aktendeckel. Säuberlich eingeklebte Zeitungsausschnitte. Leserbriefe. Artikel, die sich mit der Varusschlacht beschäftigten. In einer anderen Mappe handschriftliche Notizen. Gedanken, die er festgehalten hatte. Im nächsten Ordner Listen von Fundstücken mit genauen Beschreibungen. Ein anderer Ordner mit Interpretationen der antiken Texte, die sich auf die Varusschlacht bezogen oder sie zumindest erwähnten: immer wieder Cassius Dio, Cornelius Tacitus, Velleius Paterculus. Das unterschied sich im Prinzip nicht so sehr von den Bergen an Zeug, die sie bei Mehlbaum auf dem PC gefunden hatten. Zwei übereifrige Wissenschaftler, die am gleichen Syndrom litten, wenn sich die äußerlichen Symptome auch etwas unterschieden: Während Weidinger dem Papier huldigte und meterweise Akten führte, hatten sie bei Mehlbaum mehr Aufzeichnungen in Worddateien und Ausdrucke aus dem Internet gefunden.

„Sehen Sie das hier?", fragte Rothmanns und hielt seinem Chef die Kopien einiger Briefe hin. „Das sind Briefe, die Weidinger an Zeitungen geschrieben hat. Leserbriefe, in denen er die niedersächsische Varustheorie verteidigt und allen Lesern einen Besuch im dortigen Museum nahelegt. Das ist ja nicht zu fassen! Weidinger hat unter verschiedenen Namen all diese Briefe verfasst, in der Hoffnung, dass möglichst viele davon abgedruckt werden, den Zulauf auf sein Haus stärken und die positive Grundhaltung der Leute fördern."

„So abwegig war diese Idee vielleicht gar nicht", sagte Wilke. „Steter Tropfen höhlt den Stein. Eine Sisyphusarbeit, aber möglicherweise mit einem positiven Resultat, von Weidingers Warte aus betrachtet."

„Ob er seine Mitarbeiter angehalten hat, ebensolche Briefe zu schreiben?"

„Undenkbar wäre das nicht. Je mehr Besucherinteresse, umso solider der Zufluss an Fördermitteln, und je mehr Fördermittel, umso fester sitzen sie alle beruflich im Sattel."

„Und Mehlbaum? Hat er diesen Aktivitäten seines Konkurrenten nichts entgegengesetzt?"

„Nicht in dieser Form", sagte Wilke. „Seine Position war eine völlig andere. Er stand weit weniger im Rampenlicht als Weidinger mit seinen Grabungserfolgen. Mehlbaum hat sich stattdessen in diesem Verein engagiert, der vor ein paar Jahren in Detmold ins Leben gerufen wurde und dessen Ziel darin besteht, möglichst viele Menschen davon zu überzeugen, dass Varus auf der Grotenburg fiel, oder zumindest ganz in der Nähe."

Rothmanns überlegte einen Moment. „Chef, allzu viel wissenschaftliche Hingabe kann dem Verstand schaden, ja?"

Wilke schwieg weise.

19.

Nachdem sie in der Stapelager Schlucht die zweite Verpflegungsstelle passiert hatten, näherten sich die Läufer dem Tönsberg, dessen Kuppe den höchsten Punkt der Strecke bildete. Der Aufstieg wurde immer steiler. Die Schwächeren verlegten sich sofort aufs Gehen. In der Ferne hüpfte die gelbe Primel, noch immer im schützenden Feld der blauen Kornblumen. Sie schienen einander richtig liebgewonnen zu haben. Typisch für den Feigling Mehlbaum, sich auf diese Weise der Konfrontation zu entziehen. Er war noch nie Manns genug gewesen, sich den Dingen zu stellen. Er war ein Waschlappen, ein Weichei, ein Warmduscher!

Weidinger kämpfte mit dem toten Punkt, wie jedes Jahr an dieser Stelle. Er hasste den Tönsberg. Vor seinen Augen bildete sich ein Schleier, helle Flocken wirbelten auf seiner Netzhaut. Seine Muskeln begannen zu schmerzen, die Beine waren schwer wie Blei, als würde er auf der Stelle treten. Vielleicht hatte Hedwig Recht. Er war kein Jüngling mehr. Er hatte zugenommen, und das war nicht gut für die Knochen. Sein Blutdruck machte ihm zu schaffen. Er musste mehr auf sich Acht geben, wenn er nicht in ein paar kurzen Jahren das Zeitliche segnen wollte. Vielleicht würde es nach diesem Tag keinen Grund mehr geben, die Strecke noch einmal zu laufen.

Bei Kilometer 16,5 war die Kuppe des Berges erreicht. Es folgte ein angenehm flaches Stück auf dem Kamm. Ein frischer Wind wehte. Weidinger war kein Dummkopf, und in gewissen stillen Stunden war er ausgesprochen ehrlich mit sich selbst. Seine Eltern hatten damals lange überlegt, ob sie ihn aufs örtliche Gymnasium schicken sollten. Vielleicht hatten sie die Probleme kommen sehen. Aber mit elf Jahren war Stefan Weidinger, der äußerlich so robust und beinahe grob wirkte, ein ausgesprochenen begabter Junge mit einer schnellen Auffassungsgabe und trotz seiner unleugbaren Rechtschreibschwäche in vielen Dingen flinker als die Gleichaltrigen. Später hatte er selbst oft gedacht, dass es besser gewesen wäre, zur Realschule zu gehen, einen anständigen Beruf zu lernen und unter Seinesgleichen zu bleiben. Aber er hatte ja so lange drängeln müssen, bis die Eltern nachgaben!

Von dem Tag an, als er damals zum ersten Mal die große Portaltür des Gymnasiums durchschritten hatte, war er unglücklich gewesen. Seine Eltern fühlten Beklemmungen, wenn sie zu den Sprechtagen gingen, und er selbst schämte sich, seine neuen Freunde nach Hause einzuladen, wo abgelaufenes Linoleum auf dem Küchenboden lag und die Keramik des Waschbeckens seit Jahren einen Riss hatte. Die meisten der Klassenkameraden wohnten in den Stadtteilen rund um den Park und hatten eigene Zimmer mit Stereoanlagen oder Plattenspielern. Vor den Haustüren parkten dicke Wagen, und zum ersten Mal in seinem Leben wurde es Weidinger bewusst, dass Kleidung Markenlabel haben konnte, die wichtiger waren als die Kleidung selbst.

Ach ja, und mittendrin in dieser neuen Welt hatte er Felix Mehlbaum vorgefunden. Felix, der Arztsohn ... der Klassenbeste ... Vorbild in Latein und Deutsch ... Lehrerliebling ... Goldlöckchen ... Mädchenschwarm ...

Bergab. Wieder bergab. Warum konnte er die alten Geschichten nicht einfach vergessen? Hatte er Mehlbaum nicht schon vor Jahren besiegt?

Als in der Ferne ein Windmühlenstumpf in Sicht kam, fühlte Weidinger eine verzweifelte Wut. Sie näherten sich Oerlinghausen, dessen Wahrzeichen dieses Absurdum war. Eine Windmühle ohne Flügel! Zu nichts nütze! Man sollte das Scheißding in die Luft sprengen, dachte er, während er versuchte, seinen Atem zu regulieren. Er wäre froh, es niemals wiederzusehen! Von ihm aus könnte die ganze Welt in die Luft fliegen und Mehlbaum und Hermann und Varus und sein Museum und sogar Hedwig in tausend Teile zerschmettert werden! Vielleicht würde es ihm dann besser gehen.

Der Belag wechselte in ein holpriges Kopfsteinpflaster und ließ Weidingers Knie schmerzen. Manchmal hasste er sich für seine eigenen Schwächen. In der Altstadt von Oerlinghausen herrschte Karnevalsstimmung. Laute Musik, Gelärme und Gegröle. Es war wie auf dem Jahrmarkt. Massen von Zuschauern spendeten Applaus. Die Schritte der Läufer wurden schneller. Alle wollten gut aussehen. Neben dem Kopfsteinpflaster verlief auf der Straße eine glattgepflasterte Regenrinne, und wie jedes Jahr entstand Gedränge um das Privileg, ein paar Schritte dort laufen zu können. Weidinger aber hatte diesmal keinen Sinn dafür. Stumpfsinnig trabte er auf dem unebenen Pflaster weiter, während in seinem Hirn die Bilder konkreter wurden. Sein Weg hatte keine Abzweigungen mehr, und er konnte auch nicht zurück. Er musste den richtigen Moment abpassen. Im Laufe der nächsten Kilometer würde das Feld noch weiter zerfallen. Die Chance würde sich ergeben.

Irgendwo, wo keine Zuschauer am Wegesrand standen, in einem unbeobachteten Moment. An einer Stelle, wo das Unterholz dicht war. Dort würde sich eine Lösung finden. Irgendeine Lösung. Er hatte keine andere Wahl.

Bei Kilometer 18,4, mitten im Trubel, war die dritte Verpflegungsstelle aufgebaut. Weidinger versuchte, ein Stück näher zu Mehlbaum aufzuschließen, der diesmal keinen Halt einlegte. Die Finnen liefen durch, also musste auch Mehlbaum weiterlaufen. In der Bewegung griff er nach zwei Trinkbechern, erwischte aber nur einen. Er strauchelte leicht und verschüttete dabei die Hälfte. Das sah nicht gut aus! Weidinger frohlockte trotz seiner knirschenden Gelenke. Wenn Mehlbaum nicht genügend trank, würde er unweigerlich langsamer werden. So etwas nahm der Körper übel. Seine Konzentration schien nachzulassen. Er wusste, dass er auf keinen Fall zurückfallen durfte, wenn er mit seinem Fundstück heile ins Ziel kommen wollte. Seine Nerven waren immer sein Schwachpunkt gewesen.

In diesem Moment wandte Mehlbaum den Kopf nach hinten und blickte Weidinger so direkt ins Gesicht, als habe er seine Gedanken aus der Ferne mitgehört. Er wirkte erschöpft, seine Züge waren schlaff vor Anstrengung. In seinen

Augen aber war ein kaltes Flimmern, voller Verachtung. Genau der Ausdruck, der bei Weidinger bewirkte, dass er sich wieder wie eine Kakerlake fühlte, wie damals in der Schulzeit, gemieden, verspottet und degradiert. Mehlbaum grinste. Und dann, während er lief, hob er den rechten Unterarm und zeigte seinem atemlosen Verfolger den ausgestreckten Mittelfinger, schamlos und offensichtlich für alle Welt.

Weidinger fühlte eine dünne Welle von Gelächter durch die Reihen der Zuschauer rieseln, die die Geste für einen Scherz hielten, für einen witzig gemeinten Ansporn, den ein Athlet einem anderen Athleten zuwarf. Sie verkannten den Ernst der Lage, so wie auch Mehlbaum selber zweifellos seine Lage verkannte, denn in diesem Moment war sein Todesurteil gültig geworden. Er selbst hatte es besiegelt, mit einem Abdruck seines schamlos, ausgestreckten Mittelfingers.

Plötzlich war es, als fiele ein zentnerschwerer Ballast von Weidinger ab, der ganze Müll der Zivilisation, den er üblicherweise in einem großen Bündel auf dem Rücken trug. Er fühlte seine Füße leichter und seine Schritte länger werden. Seine Muskeln schmerzten weniger, seine Lungenflügel weiteten sich. Der tote Punkt war überwunden. Nichts hielt ihn mehr auf. Sein Atem wurde gleichmäßig, was bewirkte, dass sein ganzer Körper effektiver arbeitete. Er zog das Tempo an. Innerhalb einer einzigen Minute gelang es ihm, den Abstand zu Mehlbaum um die Hälfte zu verkürzen. Wenn er den Arm ausstreckte, könnte er schon fast den Rücken des ersten finnischen Blauhemdes berühren.

Mehlbaum schien zu spüren, dass sich in seinem Rücken etwas verändert hatte. Er drehte erneut den Kopf und musste zu seinem Schrecken feststellen, dass Weidinger nun ziemlich dicht hinter ihm war. Er konnte den entschlossenen Ausdruck seiner Augen unter den dichten Brauen deutlicher erkennen, als ihm lieb war. Seine Kopfhaut begann zu kribbeln, und sein rechtes Auge zuckte unwillkürlich.

Der Ort blieb zurück. Es ging immer noch bergab ins Schopketal. Mit dem Schopketal fing der Hermannslauf erst richtig an, das wusste jeder. Die Läufer waren bereits erschöpft, die Kraftreserven zu einem guten Teil verbraucht, und nun begann die Strecke wirklich schwierig zu werden. Grimmig dachte Weidinger an die vor ihm liegenden Strapazen und biss die Zähne zusammen. Dann, von einem Moment zum anderen, spielte sich vor seinen Augen genau das ab, was er vorausgesehen hatte: Wie auf ein geheimes Zeichen begannen die Finnen, gleichzeitig ihr Tempo zu erhöhen. Sie preschten los, und innerhalb weniger Augenblicke befand sich Mehlbaum ganz alleine auf dem Weg, inmitten der kleinen Staubwolke, die durch den Spurt der Blauhemden aufgewirbelt worden war.

Damit hatte Mehlbaum nicht gerechnet, und es lag nur an der großen Erhitzung, dass er nicht kreidebleich wurde. Ein Anfall leichter Panik ließ ihn schneller atmen. Er führte seine Hände vor dem Bauch zusammen, um zu prüfen, ob sein Schatz noch da war, und versuchte mit einer beinahe übermenschlichen Anstrengung, sein Tempo so weit zu erhöhen, dass die Blauhemden zumindest in Rufweite blieben. Er prustete hörbar, war aber ohne die geringste Chance.

„Suchst du Gesellschaft, Mehlbaum?“, rief von hinten Weidinger, der einen weiteren Meter gutmachte.

Mehlbaum antwortete nicht. Er schwitzte kalt. Weidingers Gesicht sah genauso aus wie damals, wenn er es in den Pausen auf Prügeleien angelegt hatte, und die Art, in der seine angewinkelten Arme arbeiteten, verbissen, unermüdlich, hatte etwas Bedrohliches. Mehlbaum schwankte. Ihm war etwas schwindelig und er hatte Schwierigkeiten, das Gleichgewicht zu halten. Angst kroch ihm über den Rücken. In seinem Nacken stellten sich die Härchen auf. Er atmete immer noch zu hastig und durch den Mund. Wenn er nicht aufpasste, würde er zu hyperventilieren beginnen und in Kürze Sterne sehen.

Weidinger grinste. Er fühlte sich inzwischen ziemlich gut. Seine Beine liefen wie von selbst. Er musste sich kaum noch anstrengen. Oder zumindest nicht so sehr wie Mehlbaum, der ganz offensichtlich auf seinen physischen und moralischen Tiefpunkt zurutschte. Das war zum Lachen! Mehlbaum ging tatsächlich der Arsch auf Grundeis! Wenn er so weitermachte, würde es nicht schwierig sein, ihm die Reliquie der Varusschlacht abzunehmen. Vielleicht brauchte er ihn gar nicht umzubringen. Es würde genügen, ihm das Mistding einfach wegzunehmen. Wie sollte Mehlbaum jemals beweisen, dass er derjenige war, der es gefunden hatte? Oder dass es von der Grotenburg stammte und nicht aus Timbuktu oder sonst woher auf der Welt? Mehlbaum war geliefert. Er war ein Verlierer, und er würde immer ein Verlierer sein, trotz seines affigen Seidentüchleins, seines affektierten Gehabes und trotz seiner lateinischen Weisheiten, mit denen er seine Mitmenschen nervte!

20.

„Herr Junge?"

Der Kommissar hatte sich erhoben und gab dem Mann mit der unmodernen Hornbrille, der bereits über eine Stunde draußen auf der Wartebank geschmort hatte, die Hand. Wilke war nicht besonders erpicht darauf gewesen, mit ihm zu reden. Er sah nicht so aus, als ob er etwas Wesentliches beitragen könnte, weder zum aktuellen Fall noch zu irgendeiner Sache von Belang. Ein Langweiler, der sich wichtig machen wollte. Von dieser Sorte gab es mehr als genug.

Der Mann nahm Platz, wobei er seine Knie zusammendrückte und die Hände vor der Brust faltete, was ihm eine prägnante Ähnlichkeit mit einer ältlichen Spitzmaus verlieh.

„Ich habe lange überlegt, ob ich wirklich kommen soll", begann er umständlich. „Vielleicht ist es ja gar nicht wichtig. Vielleicht aber doch, und so dachte ich …"

„Wir sind für jeden kleinen Hinweis dankbar, der Licht in die Sache bringt, Herr Junge", sagte Kommissar Wilke mit einer Seelenruhe, die er nur in den allerseltensten Fällen aufzubringen pflegte. „Worum geht es?"

„Sie müssen wissen, ich bin Fotograf. Natürlich nicht beruflich. In meiner Freizeit. Aber meine Fotos sind nicht schlecht, ich habe schon zwei Ausstellungen gemacht. In einem eher kleinen Rahmen natürlich. In unserem Gemeindehaus, um genau zu sein. Singvögel und Herbstlandschaften. Ich fotografiere die Natur, und ich könnte mich wohl mit einigem Recht einen Naturliebhaber nennen."

Wilke übte sich in Langmut und machte eine einladende Handbewegung, um den Hobbyfotografen und Naturliebhaber auf den richten Weg zu komplimentieren.

„Neulich beim Hermannslauf habe ich auch fotografiert. Mein Neffe ist mitgelaufen, und eigentlich wollte ich ihn fotografieren, an den verschiedenen Stationen. Ich wollte mit dem Moped jedes Mal vorausfahren und dann wieder an der nächsten Stelle stehen, wo man bis an die Laufroute kommt. Leider hat es nicht ganz geklappt. Die Straßen waren furchtbar voll, alles verstopft, und sogar mit dem Moped ..."

Der Kommissar räusperte sich. „Und was haben Sie uns mitzuteilen, Herr Junge?"

Der Mann verließ seine Spitzmaushaltung und begann in seinen Taschen zu wühlen. Er zog einen gelblichen Briefumschlag hervor, in dem sich einige Fotos befanden.

„Ich habe ein paar der Bilder ausgedruckt. Zuerst fiel es mir gar nicht auf, denn es ging mir ja nur um meinen Neffen. Das ist er, der mit den roten Haaren. Ich habe eine ganze Serie gemacht. Aber als ich die Bilder bearbeiten wollte und auf meinem Bildschirm vergrößerte, entdeckte ich im Hintergrund das hier …"

Mit seinem dünnen Zeigefinger wies er auf einen gelben Fleck im Hintergrund, halb verdeckt von Sträuchern. Neben dem gelben Fleck schien auch ein lila Fleck zu sein. Genau war es nicht zu erkennen. Möglicherweise handelte es sich um zwei Männer in Sportanzügen.

Wilke begann sich für die Aufnahme zu interessieren. Er kniff die Augen zusammen und betrachtete sie aus der Nähe. Das leuchtende Gelb ließ vermuten, dass einer der Männer Felix Mehlbaum war.

„Ich habe die ganze Serie auf eine CD gebrannt", sagte Herr Junge und begann wieder, in seiner Tasche zu wühlen.

Der Kommissar, inzwischen von arger Ungeduld heimgesucht, riss ihm die CD förmlich aus der Hand und legte sie ins Laufwerk. Rothmanns kam dazu und hängte sich ebenfalls vor den Bildschirm. Die Spitzmaus erhob sich von ihrem Sitz, um die Bilder zu kommentieren und hier und da mit dem Finger Fettabdrücke auf dem Bildschirm zu hinterlassen.

„Sehen Sie hier, da ist der gelbe Mann wieder: Und er bewegt sich nicht freiwillig in die Büsche. Dieser andere Mann drängt ihn ... Klicken Sie bitte ein Bild weiter ... Hier! Da sieht man es ganz deutlich! Der andere hat ihm den Arm umgedreht und drängt ihn vom Weg ab."

Wilke starrte ungläubig auf den Schirm: Dieser merkwürdige Kauz mit dem Spitzmausgesicht hatte tatsächlich einen Teil des Dramas abgelichtet, das sich zwischen Weidinger und Mehlbaum abgespielt hatte. Als sie den Ausschnitt weiter vergrößerten, wurden die Umrisse unschärfer, aber Weidingers dunkler Bart war eindeutig zu erkennen.

„Ich habe leider nicht mit der höchsten Auflösung fotografiert", erläuterte Herr Junge. „Eigentlich hätte ich auch 7.2 Megapixel einstellen können. Das tat ich aber nicht, weil ..."

„Hm ...", machte der Kommissar unaufmerksam, den Herrn Junges Megapixel nicht die Bohne interessierten. „Was ist das hier? Siehst du das auch, Rothmanns?"

„Sie scheinen sich zu unterhalten. Sofern man

ein Gespräch unter diesen Umständen als Unterhaltung bezeichnen will."

„Ich meine das hier!" Wilke zoomte die Stelle noch näher heran. „Hält Mehlbaum da nicht etwas in den Händen?"

„Könnte sein. Irgendetwas ist da. Leider kann ich es nicht schärfer stellen." Rothmanns versuchte, auf dem Teppich zu bleiben. Er kratzte sich am Kopf.

„Was ist das für ein Ding?"

„Es könnte alles oder nichts sein, wenn Sie mich fragen."

„Vielleicht der Anlass des ganzen Dramas?"

„Vielleicht aber auch nur ein Schatten, Chef."

„Auf dem nächsten Bild schubst der eine Mann den anderen weiter in die Büsche", sagte Herr Junge, der die Bildfolge kannte. „Hier … und hier …"

Die beiden Farbflecke verschwanden im düsteren Unterholz. Drei Bilder weiter waren sie nicht mehr zu sehen. Es folgen Momentaufnahmen vorbeieilender Läufer. Das war alles.

„Das ist wirklich hochinteressant, Herr Junge", sagte Wilke. „Wissen Sie noch, wo genau Sie diese Aufnahmen gemacht haben?"

„Ja sicher. Das war kurz hinter Lämershagen.

Wenn Sie eine Karte haben, zeige ich Ihnen die Stelle."

Rothmanns sprang an seinen Schreibtisch und kam mit einem Detailausdruck der Laufroute zurück, anhand dessen er versucht hatte, die letzten Stunden der beiden unglückseligen Leichen zu rekonstruieren, die er bei Bielefeld im Straßenstaub hatte liegen sehen.

„Hier war es", sagte Herr Junge. „Bis zu dieser Stelle bin ich mit dem Moped gefahren, dann habe ich mich ein Stück durch den Wald geschlagen, bis ich den Hermannsweg erreichte. Hier ungefähr. Ich wartete, bis mein Neffe vorbeikam. Insgesamt habe ich an dieser Stelle etwa zwanzig Bilder gemacht, schnell hintereinander. Und dann bin ich zurück zu meinem Moped gelaufen, um zum Eisernen Anton zu fahren, wo ich mich noch mal aufstellen wollte ..."

„Haben Sie es geschafft?", fragte der Kommissar zweifelnd.

„Nicht rechtzeitig", gab die Spitzmaus betrübt zu.

„Und haben Sie die beiden Männer auf dem Bild später noch mal wiedergesehen?"

„Was heißt wiedergesehen?" Die Spitzmaus zuckte mit den Schultern. „Ich hatte sie ja gar nicht wahrgenommen. Ich habe sie auf den Bildern erst viel später entdeckt, und als ich dann in der Zeitung von dem Unglück las und die Bilder von den beiden Männern sah und die Beschreibung ihrer Kleidung las …“

21.

Aus dem Schopketal kommend, führte die Strecke zunächst Richtung Wandweg, einen kleinen Anstieg hoch und wieder hinunter, dann über die Autobahnbrücke auf eine der größten Herausforderungen des Hermannslaufs zu: die berüchtigten Lämershagener Treppen. Einhundertdreißig Stufen, auf denen es rund fünfundvierzig Höhenmeter zu überwinden galt. Die ersten Stufen waren steil, die folgenden etwas flacher, aber deshalb nicht einfacher, unterschiedlich hoch, unterschiedlich weit voneinander. Jeder Laufrhythmus kam abhanden. Zudem waren die Treppen ein Engpass, an dem sich regelmäßig Staus bildeten. Nur selten konnten zwei Läufer nebeneinander laufen.

Weidinger, der jede einzelne Stufe kannte, ließ sich nicht beirren. Seitdem er wusste, dass er Mehlbaum umbringen würde, wenn es die Situation erforderte, fühlte er sich gut. Die Haare hingen ihm feucht in die breite Stirn. Sein Hemd war völlig durchgeschwitzt. Hedwig hätte sich wahrscheinlich mit gerümpfter Nase von ihm abgewandt und gesagt, dass er duschen gehen solle. Ein kurzer Blick zu Mehlbaum, der immer noch zu wanken schien. Er war eindeutig am Ende. Die gelbe Primel verblühte. Ein Hase, der gejagt wurde. Die Treppen verlangten ihm das Letzte ab. Er war reif. Bis zur Sparrenburg waren es jetzt noch rund acht Kilometer. Es gab keinen Grund, noch lange zu warten.

Weidinger ließ sich absichtlich ein paar Meter zurückfallen, um seinen Gegner in Sicherheit zu wiegen. Bei der nächsten sich bietenden Gelegenheit würde er Felix Mehlbaum einkassieren und ihm das verfluchte Blechding abnehmen – und ihm den Hals umdrehen, wenn es sein musste.

Felix Mehlbaum gelang es nicht, sich wieder einer Gruppe anzuschließen. Der größte Teil des Feldes setzte sich nach Überwindung der Treppen ziemlich schnell nach vorne ab. Einige andere blieben zurück, gaben auf. Einen Moment lang überlegte Mehlbaum, ob er auch stehen bleiben sollte. Gesellschaft wäre ein sicherer Schutz. Wieder warf er einen raschen Blick zurück. Weidinger hatte anscheinend schlappgemacht. Vielleicht hatte der Fettsack die Stufen nicht geschafft. Und in Bielefeld warteten Massen von Journalisten …

Der Geltungsdrang überholte die Bedenken und Mehlbaum lief weiter. Es ging ein unangenehmes Stück den Ebberg hinauf in Richtung zum Funkturm, dem Eisernen Anton. Er versuchte gleichmäßig zu atmen, möglichst durch die Nase. Der Wald zu beiden Seiten war dicht, eine der einsamsten Stellen der Strecke. Hierher hatten sich keine Zuschauer verirrt. Die Zufahrtstraßen für PKW lagen zu ungünstig.

Der Weg war schwergängig, wenig trittsicher. Mehlbaums Schritte waren schlaff und ungleichmäßig. Irgendein Dummkopf hatte eine leere Coladose auf den Weg geworfen. Mehlbaum versuchte einen extra langen Schritt zu machen, verschätzte sich aber und geriet zum zweiten Mal an diesem Tag ins Stolpern. Die Sehne seines linken Knöchels überdehnte sich, begleitet von einem stechenden Schmerz. In einem Reflex gab Mehlbaum in den Knien nach, um die Härte des nächsten Auftritts abzumildern, aber es nützte wenig. Tränen schossen ihm in die Augen. Er stolperte ein Stück vorwärts. Der Fuß schmerzte höllisch.

Bis zum nächsten Baum waren es zwei, drei Schritte. Er musste den Fuß einen Augenblick entlasten. Er stützte sich an der rauen Rinde ab und schloss die Lider. In seinem Mund lief saurer Speichel zusammen. Gleich würde ihm schwarz vor Augen werden. Der Schmerz saß im Gelenk. Langsam begann er, den erhobenen Fuß hin und her zu drehen. Gleichzeitig begriff er, dass er sich in einer denkbar angreifbaren Lage und ganz allein auf weiter Flur befand. Er schalt sich selbst einen Idioten. Weidinger war zwar nicht zu sehen, aber das sollte nichts heißen. Nie wieder würde er über Menschen spotten, die sich vor offenen Plätzen fürchteten, oder vor der Dunkelheit! Er würde überhaupt ein viel besserer Mensch werden, wenn er die Sparrenburg ungeschoren erreichte. Freundlich und bescheiden wollte er sein, das nahm er sich fest vor, und wäre er kein ausgesprochener Atheist gewesen, hätte er in diesem Moment ein Stoßgebet zum Himmel gesandt.

Der Schmerz wurde erträglicher. Mehlbaum versuchte seinen Schuh fester zu zurren, damit er den Knöchel stützte. Zwei, drei Minuten Ruhe noch, bevor er wieder auftreten könnte. Vielleicht würde es gehen. Er musste weiterlaufen. Er hatte gar keine andere Wahl. Er konnte jetzt nicht stehen bleiben. Hätte er Weidinger nur nicht den Stinkefinger gezeigt! Sein Blick hatte wenig Gutes verheißen. Es war gefährlich, einen Verrückten zu reizen. Weidinger würde feixen, wenn er ihn am Wegesrand humpeln sah. Er würde …

In diesem Moment fühlte Felix Mehlbaum eine schwere Hand auf der Schulter. Es war Weidinger. Er war nicht so weit zurück gewesen, wie er geglaubt hatte. Vielleicht hatte er sich absichtlich hinter einer Wegbiegung gehalten. Irgendwie hatte er sich herangeschlichen. Er war schon immer ein hinterhältiger Mensch gewesen.

„Felix, mein Freund. Was ist mit dir?", fragte Weidinger mit geheuchelter Betrübnis, ohne die Hand von Mehlbaums Schulter zu nehmen.

„Nimm die Pfote weg", entgegnete Mehlbaum barsch und versuchte ihn abzuschütteln.

„Nicht so unfreundlich!" In Weidingers Stimme lag eine Sanftheit, die weit bedrohlicher war als sein übliches, joviales Gepolter. „Du hast dich verletzt, Felix? Das scheint heute wirklich nicht dein Tag zu sein."

Aus den Augenwinkeln blickte Weidinger sich um. Die Gelegenheit war günstig. Er ließ seine schwere Pranke eine Etage tiefer gleiten, wo er blitzschnell Mehlbaums Handgelenk ergriff und ihm den Arm auf den Rücken drehte. Dann schob er Mehlbaum, der sich krümmte, damit der Arm nicht knackte, vor sich her ins Gebüsch.

„Und jetzt wirst du mir das Ding noch mal zeigen!", zischte er. „Und wenn du rumkreischst, du Memme, mache ich dich kalt!"

Mehlbaum biss die Zähne zusammen. Man musste kein Hellseher sein, um zu erkennen, dass Weidinger die Sicherungen durchbrannten. Er würde sich an alles klammern, was ihm in die Quere kam, einschließlich der Hälse seiner Mitmenschen, um nicht in das tiefe Loch der persönlichen Katastrophe zu fallen, die er auf sich zukommen sah. Er war kein souveräner Mensch. Wenn er rot sah, schaltete sein mittelmäßiger Kopf auf Durchzug. Er rastete dann völlig aus, begann herumzukrakeelen und sich in die eigenen Fäuste zu beißen. Auch die Jahre und die Gewöhnung an Situationen, in denen er mit dem Rücken an die Mauer stieß, hatten ihn nicht weiser werden lassen. Genau das hatte es immer so reizvoll gemacht, ihn zu provozieren und dazu zu bringen, dumme Dinge zu tun und sich lächerlich zu machen.

„Reg dich ab, Weidinger“, ächzte Mehlbaum, bemüht, seine Stimme ruhig klingen zu lassen, was nicht einfach war in der Position, in der er sich befand.

„Halt einfach die Klappe“, sagte Weidinger und schob ihn weiter vom Weg ab. Auf dem Boden lagen die Tannennadeln knöchelhoch. Hoch über ihnen zilpten irgendwelche Piepmätze.

„Du bist ein selten dämliches Rindvieh, Weidinger", stieß Mehlbaum hervor. „Weißt du eigentlich, was du hier tust? Das ist Nötigung! Körperverletzung! Das ist das Ende deiner Karriere!"

„Ich habe gesagt, du sollst die Klappe halten!"

Sie erreichten eine winzige Lichtung. Weidinger ließ Mehlbaums Arm los und stieß ihn ein Stück von sich weg. „So, und jetzt ist Schluss mit dem Rumgezicke. Ich will endlich dieses Ding ansehen! Du kannst einen Fund nicht einfach unterschlagen!"

Mehlbaum rieb sich den schmerzenden Arm. „Es ist ganz bestimmt nicht meine Absicht, ihn zu unterschlagen! Im Gegenteil, ich werde die Sache so schnell wie möglich publik machen, da kannst du dir absolut sicher sein!"

„Du warst schon immer ein egoistisches Arschloch, Mehlbaum! Das Ganze ist doch ein fauler Trick. Du hast schon immer diese Art von Spielchen gespielt. Gib zu, dass du dieses Blechstück auf einem Schrottplatz gefunden und selbst mit einem Schraubenzieher oder einem Stemmeisen diese angebliche Gravur reingeschlagen hast! Gib zu, dass es eine Fälschung ist!"

Mehlbaum schien seinen guten Vorsatz, ein besserer Mensch zu werden, bereits wieder vergessen zu haben. Seine Augen funkelten vor Bosheit. Er lachte höhnisch. „Du musst gerade von Fälschungen sprechen, Weidinger! Euer ganzer Laden ist doch eine Fälschung!"

Weidinger kam einen bedrohlichen Schritt näher. „Du hast Nerven! Du willst doch jetzt nicht ernsthaft einen wissenschaftlichen Disput mit mir vom Zaun brechen?"

„Wissenschaftlichen Disput? Mit dir, Weidinger? Da kann ich ja nur lachen!", rief Mehlbaum, der im gleichen Maße zurückwich. „Mit dir kann man sich doch höchstens über das kleine Einmaleins der Hochstapelei unterhalten!"

„Wir arbeiten mit Indizienketten! Das ist keine Hochstapelei!"

„Eine Indizienkette ist immer nur so gut wie ihr schwächstes Glied. Ihr reiht ein paar einzelne Perlen auf eine Schnur und behauptet, es sei ein Diadem. Dabei sind eure ganzen Funde im Grunde nur ein Sammelsurium und eure Theorien Flickwerk!"

Weidinger erhitzte sich, wie immer, wenn es an die Ehre seines Hauses ging. „Immerhin ist unsere archäologische Forschungsstätte im vergangenen Jahr mit einem Preis für die innovative Interpretation eines antiken Schlachtfeldes ausgezeichnet worden!"

„Innovative Interpretation! So kann man es auch nennen! Eure so genannten Beweisführungen sind platt wie ein Kartoffelacker, und eure Schlussfolgerungen verdienten es, als Negativbeispiel in die Geschichte der Methodenlehre einzugehen!"

„Es gibt keine wissenschaftlichen Erkenntnisse, die unsere Forschungsergebnisse in Frage stellen würden", sagte Weidinger würdevoll.

Mehlbaum bog sich vor Lachen: „Es gibt keine Erkenntnisse, die eure Forschungsergebnisse belegen würden, darum geht es doch!"

„Die öffentliche Meinung gibt uns Recht!"

„Die öffentliche Meinung, hahaha! Das ist doch Lokalpatriotismus reinsten Wassers. Ihr und euer Flachland-Walhalla! Wäre es nicht allzu traurig, was ihr da treibt, könnte man sich köstlich amüsieren! Dieses eiserne Heldengrab, das ihr um euren Hühnerschiss von Fundstücken aufgebaut habt, spottet doch jeder Beschreibung. Euer Inszenierungsgeist übersteigt sogar noch eure Dreistigkeit. Der ganze klotzige Kasten hat nur einen Vorteil, nämlich den, dass es in euren Ausstellungsräumen so düster ist, dass kein mit normaler Sehstärke begabter Mensch die manipulativen Texte lesen kann, die ihr zurechtgebastelt habt!"

„Wir haben übrigens auch 300.000 Euro aus dem Europäischen Strukturfonds bekommen, falls du es noch nicht wusstest“, sagte Weidinger ruhig und wartete darauf, Mehlbaum vor Ärger platzen zu sehen.

„Nein, das wusste ich in der Tat nicht, sonst hätte es mir sicher den Magen umgedreht. Aber bei eurer Chuzpe wundert mich auch das nicht mehr! Ihr seid keine Stätte der Wissenschaft, sondern ein Wallfahrtsort für Mystiker und Heldenanbeter!“

„Das ist nichts Verwerfliches“, sagte Weidinger achselzuckend. „Wenn die Leute bei uns finden, was sie suchen, ist alles gut.“

„Das spricht für das Niveau eurer Klientel!“

„Das ist genau die Klientel, die du gerne hättest, weil sie achtzig Prozent der Eintrittsgelder bringt!“

„Würde man eurem Vorbild folgen, könnte im Grunde jeder popelige Fremdenverkehrsverein sein eigenes Varusschlachtfeld vermarkten –, und so lange nicht das Gegenteil bewiesen ist, kann niemand etwas dagegen tun!“

„*Pecunia non olet*. Geld stinkt nicht. Du hast es doch sonst so mit dem Lateinischen, Mehlbaum!“, lachte Weidinger höhnisch.

„Es ist doch wirklich bemerkenswert, dass

dieser Ausspruch der einzige ist, der dir aus sieben Jahren Lateinunterricht im Gedächtnis geblieben ist", entgegnete Mehlbaum nicht weniger höhnisch.

„Lass mich jetzt dieses Ding anschauen, Mehlbaum! Wenn es wirklich echt ist, werde ich nichts mehr sagen. Dann hast du deine großartigen fünfzehn Minuten, und ich ziehe meiner Wege. Dann packe ich meinen Koffer und verlasse die Bühne. Aber sehen will ich es zumindest!"

Mehlbaum hielt sich die Hände vor den Bauch, um seinen Hosenbund zu sichern, und begann sich langsam rückwärts zu bewegen.

„Wir sind beide Wissenschaftler!", rief Weidinger aufgebracht. „Aber du behandelst mich seit jeher wie einen Emporkömmling durch Zufalls Gnaden, der nur dank dreier dreckiger Stückchen Blei auf seine Position gekommen ist."

„Das habe ich so explizit nie ausgedrückt", sagte Mehlbaum, zu seinem üblichen Zynismus zurückfindend. „Aber jeder zieht sich bekanntlich den Schuh an, der ihm passt."

Weidingers Hände zuckten, und Mehlbaum, der Handgreiflichkeiten fürchtete, wich weiter zurück. „Du bist gar kein Wissenschaftler, Weidinger! Deine Methoden sind nicht nur unwissenschaftlich, sondern unlauter und hochgradig peinlich!“

„Nimm das Maul nicht so voll, Mehlwurm! Du bist doch nur eine lächerliche Figur mit deinen immerwährenden Misserfolgen, mit deinen fruchtlosen Versuchen, der Welt beweisen zu wollen, dass die Legionen des Varus …“

„Seit heute eben nicht mehr fruchtlos“, fiel Mehlbaum ihm ins Wort. „Genau das hat sich mit dem heutigen Tag geändert, Weidinger. Und genau das wird ab heute dein Problem sein!“

22.

Mehlbaum drehte sich um und trabte langsam an. Sein Fuß schmerzte weniger, er konnte fast wieder ohne Probleme auftreten. Weidinger starrte ihm nach. Dann ging ein Ruck durch seinen Körper und er brüllte los: „Mehlbaum, bleib gefälligst stehen!“

Felix Mehlbaum dachte nicht daran. Er hastete weiter. Er durfte sich auf keinen Fall zu weiteren Diskussionen hinreißen lassen, die nur dazu führen würden, dass Weidinger vollständig die Nerven verlor. Die Richtung zurück zur Straße war ihm versperrt, weil Weidinger immer noch breitbeinig dastand wie ein etwas verstörter Rottweiler. So blieb ihm nur die Möglichkeit, ein Stück weiter in den Wald hineinzulaufen.

„Bleib gefälligst stehen, Mehlbaum!“, schallte es wieder.

Mehlbaum beschleunigte seinen Schritt. Schnaufend begann Weidinger, ebenfalls durch den tiefen Boden zu pflügen. Mehlbaum lief wie ein Hase, dem der Wolf auf den Fersen war, das kostbare Fundstück fest gegen seinen Bauch gepresst.

„Ich bringe dich um, Mehlbaum, wenn du nicht stehen bleibst!“

Und wenn ich stehen bleibe, bringst du mich auch um, dachte Mehlbaum. Die Situation war wirklich grotesk. All die schöne, kanalisierte Zivilisation blieb im Handumdrehen auf der Strecke, wenn persönliche Eitelkeiten es erforderten.

Und während er weiterstolperte, begann Felix Mehlbaum plötzlich gegen seinen Willen zu lachen. Er konnte es nicht unterdrücken. Wie ein Schluckauf war es, ein unüberwindlicher, körperlicher Reiz. Die Erschöpfung bahnte sich seltsame Wege. Im Geiste sah er Weidinger mit zotteligem Fell auf den Schultern und im Gesicht, so wie in den alten Horrorfilmen, die er als Junge geliebt hatte und in denen der Werwolf meist wie ein plattnasiger Teddybär mit spitzen Ohren aussah. Lange Zähne würde er haben, und gelbe Augen, und seine Krallen nach ihm ausstrecken. Und wenn er ihn erlegt und ihm die Beute abgejagt hatte, würde er den Kopf in den Nacken legen und den Mond anheulen!

Mehlbaum kicherte unterdrückt, bis seine Bauchmuskeln schmerzten. Wurde er verrückt? Wahrscheinlich war er dehydriert. Er hatte nicht genügend getrunken. Der Wasserbecher, der ihm weggefallen war. Bei akuter Dehydrierung konnten die Gehirnzellen spontan einschrumpfen und ihr bedauernswerter Besitzer begann zu halluzinieren. Oder nicht? Mehlbaum schluckte ein paar Mal Luft, so wie er es bei einem Schluckauf getan hätte, und versuchte das nervöse Zucken in seinem Zwerchfell in die Schranken zu weisen.

„Dir wird das Lachen schon noch vergehen, Mehlwurm!“, keuchte Weidinger von hinten, der es auf dem federnden Boden schwerer hatte. „Bist du am Durchdrehen, oder was soll das Gekicher?“

Mehlbaum verlangsamte seinen Schritt. Es ging nicht anders. Eigentlich war sowieso schon alles egal. Er blieb stehen und ließ den Oberkörper vornüber hängen.

„Bleib, wo du bist, Weidinger. Ich weiß, dass du mich beißen willst!“, ächzte er, immer noch lachend. „Ich habe deine Maske durchschaut! Du bist der Mann mit den zusammengewachsenen Augenbrauen, das Zeichen des Werwolfs!“

„Bist du gegen einen Baum gerannt, Mehlbaum, oder was soll das?“

Mehlbaum ließ sich auf die Knie sinken und begann mit beiden Händen im Dreck zu wühlen. Dann hob er eine Handvoll alter Tannennadeln hoch und ließ sie über seinen Kopf nach unten rieseln.

„Ich kann nicht mehr, Stefan. Ich bin alle. Noch einen Schritt weiter, und du kannst mir den Gnadenschuss geben. Und ich will auch nicht mehr weiter!"

Weidinger war verblüfft. Misstrauisch starrte er den durchgeknallten Musterschüler an, der sich mit Dreck und Erde überschüttete.

„Lass uns ausruhen, Weidinger. Was machen wir hier eigentlich? Ich komme mir vor, als wäre ich im falschen Film!"

„Ich mir auch", murmelte Weidinger. Langsam ließ er sich in die Hocke nieder, in zwei, drei Metern Abstand zu Mehlbaum, der noch immer von leichten Kicherwellen geschüttelt wurde. Er musste noch ein paar Mal Luft schlucken, ehe er sich wieder im Griff hatte. Dann ließ er sich fallen. Setzte sich mit dem Hintern auf den Waldboden, dort wo an einer Stelle ein klein wenig Moos wuchs.

„Wie viel Auszeit genehmigen wir uns?", fragte er.

„Ich weiß nicht", brummte Weidinger. „Ein paar Minuten? Wenn ich jetzt weiterlaufe, platzt mir die Lunge."

„Und wenn ich jetzt weiterlaufe, platzt mir das Gehirn", sagte Mehlbaum. „Ich habe einen irren Druck im Kopf!"

„Ruhig atmen und leicht die Schläfen massieren“, sagte Weidinger. „Ich habe auch manchmal Kopfschmerzen. Das hilft.“

Mehlbaum schwieg und begann mit Zeige- und Mittelfinger seine Schläfen zu reiben.

„Warum können wir nicht einfach hier sitzen bleiben und den Vögeln beim Singen zuhören und diesen ganzen Scheiß vergessen?“, fragte Weidinger in die Stille.

Mehlbaum überlegte einen Moment. „Weil es für uns beide um viel geht“, sagte er schließlich. „Und darüber hinaus geht es nicht nur um uns persönlich, sondern um etwas viel Größeres, Höherstehendes: die wissenschaftliche Wahrheit!“

„Die Wahrheit“, murmelte Weidinger mit einem Ton, der angeekelt klang. „Was ist das denn, die Wahrheit? Und wofür ist sie gut?“

„Dass du in den letzten Jahren auch ganz gut ohne die Wahrheit ausgekommen bist, steht außer Frage“, sagte Mehlbaum spitz. Er schien sich zu erholen.

„Weißt du, dass ich vorhin ganz fest entschlossen war, dir den Hals umzudrehen, Mehlbaum?“, fragte Weidinger nun ganz leutselig. „Ist das nicht absolut krank? Und andererseits, wenn ich dich so reden höre, kommt es mir vielleicht doch nicht so absurd vor, wie es sollte."

Während er dies sagte, starrte er auf seine Hände, mit einem Ausdruck im Gesicht, als begreife er ihre potentiellen Fähigkeiten zum ersten Male wirklich.

Mehlbaum wurde wieder vorsichtig. Er zog seine Beine an und spannte die Muskeln.

„Manchmal glaube ich, wir sind nur eine Haaresbreite entfernt von unseren Vorfahren aus der Steinzeit", sinnierte er, den Blick auf den Himmel gerichtet, der sich grünbelaubt und heiter hoch über ihnen erhob.

Weidinger nickte. „Wir streiten um so ein rostiges Ding wie zwei Hunde um einen alten Knochen. Warum, Felix? Was treibt uns an? Manchmal habe ich schon daran gedacht, den ganzen Mist hier hinter mir zu lassen und irgendwo, wo niemand mich kennt, glücklich und sorglos zu leben wie ein Einfaltspinsel. Aufstehen, essen, trinken, schlafen gehen. Weiter nichts. Wäre das nicht schön? In einer solchen Welt könnten wir beide vielleicht tatsächlich Freunde werden und gemeinsam Angeln gehen und Spaß haben."

Wir würden niemals Freunde sein, egal in welcher Welt, dachte Mehlbaum. Er hatte sich regeneriert. Aus den Augenwinkeln beobachtete er Stefan Weidinger, der sich gerade zum Narren machte. Weidinger war kein spaßiger Werwolf aus einem alten Horrorfilm, sondern ein erbärmlicher, selbstmitleidiger und egozentrischer Stümper. In allem, was er tat, war er dilettantisch. Nicht einmal den Wolf gab er überzeugend. Und wenn er nun seine moralischen fünf Minuten abfeierte und sich Asche aufs Haupt streute, war das ja vielleicht die Gelegenheit, wieder eine größere Distanz zwischen sich und ihn zu legen.

„Hier, Weidinger, du wolltest dir das Teil doch anschauen“, sagte Mehlbaum mit versöhnlicher Stimme.

Weidinger hob den Kopf und machte große Augen. In diesem Moment pfefferte Mehlbaum ihm eine große Handvoll Tannennadeln mitten ins Gesicht und sprang auf. Weidinger stöhnte. Der Dreck brannte in seinen Augen. Tränen liefen ihm über die Wangen und verrannen in seinem dunklen Bart.

„Mehlbaum, du Dreckschwein!“, brüllte er. „Wenn ich dich kriege, mache ich dich kalt!“

Versuch es doch, dachte Mehlbaum. Er biss die Zähne zusammen und beschleunigte seinen Schritt, ohne auf die Schmerzen in seinem Fuß zu achten.

23.

„Ich weiß nicht, inwieweit mein Bericht Ihnen neue Erkenntnisse bringen wird", sagte August Pohl, der Gerichtsmediziner, als er sich auf dem Besucherstuhl in Kommissar Wilkes Dienstzimmer niederließ.

„Wir werden sehen." Wilke klappte seine Akte auf und breitete die Fotoabzüge vom Leichenfundort vor sich auf dem Schreibtisch aus. Grellgelb. Lila. Weißliche Arme und Beine dazwischen. Ein bizarrer Anblick.

„An den Todesursachen selbst gab es von Anfang an kaum Zweifel, und es hat sich genauso bestätigt", sagte Pohl. „Stefan Weidinger starb an einer schweren Schädelverletzung, hervorgerufen durch kraftvolle Einwirkung mit einem stumpfen Gegenstand, bei dem es sich zweifelsfrei um einen Stein handelte. Und zwar um genau jenen Stein, der sich in der Hand des anderen Toten, Felix Mehlbaum, befand. Er hat seinem Gegner im wahrsten Sinne des Wortes den Schädel eingeschlagen."

„Er war kleiner und wesentlich schmächtiger als Weidinger", stellte Wilke fest.

„Das tut nichts zur Sache. Der Stein war schwer und scharfkantig. Und Mehlbaum war gut trainiert, sehnig. Ein einziger Schlag hat gereicht. Er hat gut getroffen, um es einmal so zu auszudrücken."

„Und haben Sie neue Erkenntnisse, was Mehlbaums Ableben betrifft?"

„Ja, selbstverständlich." Der Gerichtsmediziner war bereits sehr lange in seinem Beruf. Seine Stimme war von freundlicher Nüchternheit. „Die Würgemale an Mehlbaums Hals waren auf den ersten Blick deutlich sichtbar. Man erkennt sie sogar auf den Polaroids Ihrer Kollegen, die vor Ort gemacht wurden. Weidinger hat kräftig zugedrückt. Gestorben ist Mehlbaum allerdings nicht an dem Würgevorgang, sondern an Herzversagen. Er war stark erschöpft, leicht dehydriert, wahrscheinlich sehr angespannt. In einem solchen Zustand wurde er von einem Gegner attackiert, der ihm körperlich weit überlegen war. Der Schockzustand, die Todesgefahr ... Da hat das Herz nicht mitgespielt. Obwohl im Grunde der andere, Weidinger, ein wahrscheinlicherer Kandidat für einen Herzinfarkt gewesen wäre: Er litt unter Bluthochdruck, befand sich an der Grenze zum Übergewicht und war nicht sehr gut trainiert. Seine Muskeln wirkten insgesamt eher schlaff, als hätte er den Rest des Jahres ein wenig sportliches Leben geführt. Er muss sich bei dem Lauf vollkommen übernommen haben."

„Und sonst, Pohl?"

„Nicht viel. Mehlbaum scheint irgendwo mit dem linken Fuß umgeknickt und danach noch eine Weile weitergelaufen zu sein. Der Knöchel war ziemlich geschwollen. Und noch eine Kleinigkeit: Auf dem Bauch hatte er eine leichte Rötung, als habe dort ein Gegenstand längere Zeit auf der Haut gescheuert. Die Rötung stammte nicht vom Gummizug der Hose. Vielleicht trug er einen Gegenstand im Hosenbund bei sich, der während des Laufens scheuerte."

Kommissar Wilke hieb mit der Faust auf den Tisch. „Ich habe es gewusst! Er muss einen trefflichen Grund dafür gegeben haben, dass Weidinger so verzweifelt auf Mehlbaums Fersen blieb. Das war mehr als ein sportliches Wettrennen. So macht die ganze Sache Sinn! Und es passt zu einer unserer Aussagen. Auf den Fotos, die dieser Typ mit dem Spitzmausgesicht gemacht hat, sah es aus wie ein Schatten, nicht zu identifizieren. Aber es war kein Schatten! Es war ein Gegenstand, den Mehlbaum bei sich trug, und möglicherweise war dieser Gegenstand der Grund für das gewaltsame Ende der beiden Wissenschaftler."

„Was könnte es gewesen sein?", fragte Pohl,

den nur noch wenige Dinge im Leben neugierig machten.

„Was weiß ich?“, rief Wilke. „Nacktfotos von Frau Weidinger? Eine CD mit Beweisen, welche die wissenschaftliche Unlauterkeit eines der beiden Beteiligten belegt hätten? Ein Stück vom Schwert des Varus?“

„Auf der Haut, dort wo die Rötung war, habe ich Partikel von Erde und Rost gefunden. Rost mit Metallpartikeln. Oder Metallpartikel mit Rost. Wie es Ihnen lieber ist.“

„Da habe ich keine Vorlieben“, sagte Wilke. „Eine Erleuchtung bringt mir beides nicht. Es muss etwas gewesen sein, das Mehlbaum unterwegs aufgelesen hat. Warum hätte er irgend so ein Ding von zu Hause mitbringen und die ganze Strecke mitschleppen sollen? Als Talisman? Das wäre unsinnig! Er muss es gefunden haben, und Weidinger wollte es ihm abjagen.“

„Das ist Ihr Metier“, sagte der Gerichtsmediziner und erhob sich leise ächzend. Er war nicht mehr der Jüngste, und gelegentlich kotzten die ganzen Toten ihn einfach nur noch an. „Ich verlasse mich nur auf Fakten, die ich messen und nachweisen kann. Die Schlussfolgerungen müssen Sie alleine ziehen.“

„Du weißt, was uns jetzt bevorsteht, Rothmanns?“, fragte der Kommissar seinen Assistenten, als der Gerichtsmediziner gegangen war.

„Sprechen Sie es nicht aus, Chef!“, rief Rothmanns, der ahnte, was ihm blühte.

„Ich kann es uns beiden leider nicht ersparen. Morgen früh um sieben machen wir einen Ausflug. Und zwar mit Wanderschuhen und geeigneter Kleidung, wenn ich bitten darf. In fünf bis sechs Stunden müssten wir den Hermann erreichen, wenn wir flott marschieren!“

Rothmanns, der kein allzu großer Freund körperlicher Betätigung war, seufzte verstohlen. Er wusste, dass es keinen Sinn hatte, zu widersprechen.

24.

Mehlbaum schlug einen weiten Bogen, während Weidinger sich wahrscheinlich immer noch den Dreck aus den Augen wischte. Er musste zurück zum Hermannsweg, auf die Strecke. Weidinger war ein gemeingefährlicher Irrer, wie so viele Menschen mit geringem Abstraktionsvermögen. Immer die Hand direkt an den Blutdruck gekoppelt. Unfähig, mit Frustrationen anders als mit roher Gewalt umzugehen. Er würde ihn anzeigen. Er würde eine Bannmeile beantragen. Und wenn Weidinger sich ihm oder seinem Wohnort jemals wieder auf mehr als einen Kilometer näherte, würde er ihn verhaften lassen.

In der Ferne hörte er ihn brüllen. Sehen konnte er ihn nicht mehr. Das Grünzeug stand an dieser Stelle sehr dicht. Mehlbaum verharrte einen Moment. Sollte er die Richtung beibehalten, in der Hoffnung, irgendwo die Osningstraße zu erreichen? Oder wäre es besser, sich zu verstecken und zu warten, dass Weidinger ihn überholte? Dann könnte er hinter seinem Rücken in die gleiche Richtung zurückgehen, aus der sie gekommen waren.

Mehlbaum erinnerte sich an ein steiles Tal mit abschüssigen Hängen. Es musste sich in der

Richtung befinden, in die er sich momentan bewegte. Dort würde er nicht weiterkommen. Oder nur sehr mühsam. Weidinger würde ihn einholen. Und selbst, wenn Weidinger ihn nicht einholte, würde es schwierig werden, den Weg zurück zur Strecke zu finden. Die zweite Option versprach mehr Erfolg.

In nicht allzu großer Entfernung dröhnte Weidingers Stimme. Mehlbaum schaute sich um. Ein paar Buchen bildeten einen Hain zwischen den dürren Fichten. Hinter einer Bodenwelle ragte eine gewaltige Baumwurzel in die Höhe. Ein gefallener Riese, der einen der vergangenen Herbststürme nicht überlebt hatte. Mehlbaum schlüpfte hinter das herabhängende Wurzelwerk und machte sich klein. In einiger Ferne begrenzte eine Gruppe schwärzlicher Tannen die Sicht, die seines Wissens den Abhang des Tales säumten. Vor einigen Jahren war er in der Gegend viel gewandert. Immer abseits der Wege und immer in der Hoffnung, irgendwo in den Tiefen der Wälder auf die Wahrheit über das Varusschlachtfeld zu stoßen.

Der Anblick der Tannen brachte Mehlbaums Gedanken ungewollt auf Abwege. Was würde eigentlich passieren, wenn Weidinger dorthin ginge und ganz nahe an den Abhang träte, um hinunterzuschauen? Und wenn er sich in diesem Moment ganz leise heranschleichen würde? Warum sollte er ihm eigentlich keinen Stoß verpassen, um ihn ein für alle Male loszuwerden? Warum sollte er sich um Spielregeln scheren, um die Weidinger sich ohnehin einen Dreck kümmerte?

„Das hier ist kein Spiel, darum gibt es auch keine Regeln", flüsterte Mehlbaum und presste sein Gesicht an die brüchige Rinde, die dem Wurzelwerk entwuchs. Weidinger brüllte wieder, diesmal ziemlich nahe. Ihm blieb gar keine andere Wahl. Er musste ihn ausschalten. Es ging nicht nur um sein Leben, sondern auch um die Neunzehnte Legion! Weidinger würde es fertig bringen, die Wahrheit für immer im Dunkeln zu lassen. Er würde den Lauf der Geschichte verändern, nur um seine eigene träge Bahn nicht verlassen zu müssen.

Weidingers lautes Organ schallte durch die Bäume. Mehlbaum fröstelte. Es würde Notwehr sein. Reiner Selbstschutz. Jedes Gericht der Welt würde ihn freisprechen, wenn er die Umstände erläuterte. Falls der Fall jemals dort landen sollte.

Er duckte sich und lugte mit angehaltener Luft zwischen den Baumwurzeln hindurch. Dort, wo sich die Buchen gruppierten, tauchte ein lilafarbener Sportanzug auf. Weidinger tapste heran, beinahe wie ein großer Bär, unbeholfen und trampelig. Er ging schon fast auf dem Zahnfleisch. Es würde nicht schwierig sein, ihn zu überrumpeln.

„Zu den Tannen!“, flüsterte Mehlbaum beschwörend. „Geh zu den Tannen!“

Weidinger war stehen geblieben und blickte sich um. Wo hatte sich diese Ratte versteckt?

„Mehlbaum!“, brüllte er wieder, als hoffe er tatsächlich auf Antwort.

Mehlbaum spähte mit angehaltenem Atem. Weidinger stand da wie ein Rindvieh, das die Orientierung verloren hatte.

„Zu den Tannen, Weidinger!“

Weidinger aber schien immun zu sein gegen diese Art von Beschwörung. Er drehte sich um seine eigene Achse, die Arme in einer hilflosen Geste zu den Seiten ausgestreckt.

„Zu den Tannen, du Idiot!“ Mehlbaums Flüstern wurde energischer.

Weidinger aber ging stattdessen erneut in die Hocke und schlug seine Hände vors Gesicht, die Ellenbogen auf die Knie gestützt. Ein sichtbarer Schauer durchlief seinen Rücken. Was für ein Waschlappen! Hockte sich mitten in den

Wald, heulte und starrte auf die Tränen, die ihm durch die Finger liefen.

Felix Mehlbaum kroch zwischen den Baumwurzeln hervor. Großmut lag ihm nicht. Die Schwäche des Gegners musste genutzt werden. Seine Schuhe raschelten auf dem Waldboden. Erschrocken fuhr Weidinger auf.

„Mehlbaum!“, stammelte er. „Wo bist du gewesen?“

Mehlbaum grinste. „Wo soll ich schon gewesen sein? Ich dachte, ich warte hier auf dich, damit du dich nicht verläufst, Weidinger.“

Weidinger starrte vor sich hin, beschämt über seine roten Augen. Er wusste, dass er rote Augen hatte. Die bekam er immer, wenn er Tränen zerdrückte.

„Ich bin nur etwas erschöpft“, sagte er lahm. Seine Stimme zitterte. „Ich gehe jetzt zurück zur Route. Sonst kommen wir heute gar nicht mehr an.“

Was beabsichtigte er? Versuchte er auf diese Weise, einen Rest von Normalität wieder herzustellen?

„Du willst doch nicht etwa hierbleiben, Felix?“, fragte er mit traurigen Augen. Beinahe machte es den Eindruck, als wolle er Mehlbaum die Hand hinstrecken.

„Ist nicht meine Absicht“, sagte Mehlbaum misstrauisch. Er begann, Weidinger, der sich mühsam aus der Hocke erhob, in einigem Abstand zu umrunden.

„Dann lass uns doch gemeinsam zurückgehen“, sagte Weidinger versöhnlich. „Lass uns zusammen zur Sparrenburg laufen. Es kommt doch gar nicht mehr darauf an, wer heute gewinnt. Wir könnten gemeinsam ins Ziel einlaufen. Und wenn du dann deinen Fund der Presse zeigst, könnte ich doch dabei sein. Einfach nur dabeisitzen, Felix! Mehr nicht! Boote mich nicht völlig aus! Wir sind doch beide Wissenschaftler!“

Er hatte den Verstand verloren, das war völlig klar. Mehlbaum schaute ihn mit verächtlich zusammengekniffenen Augen an.

„Das muss ich mir noch mal gründlich überlegen, Weidinger.“

„Bitte, Felix ...“

„Was war das für ein Wort?“ Mehlbaum legte seinen Kopf etwas schräg, wobei er seine grauen Augen noch schmaler machte.

„Bitte ...“, wiederholte Weidinger mit gesenktem Kopf.

In den Augen des mageren Mehlbaum begann es hungrig zu glänzen. Viel zu lange hatte er gedarbt, als dass er diesen Leckerbissen jetzt an sich vorbeiziehen lassen könnte, ohne genüsslich auf ihm herumzukauen.

„Ich bin nicht überzeugt, dass du die Bitte ernst meinst. Es klingt nicht glaubwürdig."

Weidinger starrte dumm.

„Vielleicht solltest du dich besser hinknien, um sie zu wiederholen. Dann werde ich vielleicht – vielleicht! – darüber nachdenken!"

Weidinger starrte immer noch, als habe er nicht verstanden.

„Felix …", stammelte er mit ausgebreiteten Händen.

„Hast du nicht gehört?"

„Das meinst du doch nicht ernst, Felix …"

„Allerdings meine ich das! Es ist mein voller Ernst!"

Weidinger schüttelte den Kopf wie ein Maultier. Aber er hatte aufgehört, nachzudenken. Dieser Zug war längst entgleist. Er konnte keine Forderungen stellen. Ächzend ließ er sich auf die Knie nieder, sich mit den Händen auf eine Baumwurzel stützend.

„Ich warte!", rief Mehlbaum mit unangenehm schriller Stimme.

„Bitte!", rief Weidinger in gleicher Lautstärke zurück. „Bitte wirf mich nicht aus dem Boot, Felix. Dann bleibt mir gar nichts mehr!"

Mehlbaum wartete, wartete. Ließ den geschlagenen Gegner zappeln, bevor er mit einer Artikulation, die so scharf war wie ein Schwert, sagte: „Nein, Weidinger!"

Dann drehte er sich um und ging mit erhobenem Kopf an dem gedemütigten Weidinger vorbei, in die Richtung, aus der sie gekommen waren.

Weidinger rappelte sich mühsam wieder auf. Er machte keine Anstalten, Mehlbaum noch einmal zurückzuhalten. Stumm blieb er stehen.

Mehlbaum hingegen konnte es nicht lassen, sich noch einmal umzudrehen. „Kapierst du es jetzt endlich? Es gibt nichts mehr zu reden. Du wirst einfach nur das Nachsehen haben. Ich werde dich beerben, in jeder Hinsicht!"

„Wie meinst du das?", fragte Weidinger, ein wenig aus seiner Lethargie erwachend.

„Grüß deine Frau von mir!", rief Mehlbaum zurück.

„Wie meinst du das, Mehlbaum?" Weidinger setzte sich wieder in trägen Trab.

„Wie kann ich es schon meinen? Überlege ein bisschen, vielleicht kommst du drauf." Mehlbaum legte einen Zahn zu und vergrößerte den Abstand. Die kurze Rast hatte ihm genügt, seine Kräfte neu zu koordinieren.

„Wie meinst du das?“, rief Weidinger erneut, der mit Mühe seine schweren Gliedmaßen in Gang brachte.

Mehlbaum drehte sich ein letztes Mal um. „Erinnerst du dich an das Symposium vor zwei Jahren in Bielefeld? Deine Frau war ja so unglaublich froh, dass ihr mal jemand zuhörte, ihr ein bisschen Aufmerksamkeit schenkte! Und aus Dankbarkeit, aus lauter Dankbarkeit, hat sie mir ihr Muttermal gezeigt, an der Innenseite ihres Schenkels, sehr Appetit anregend!“

„Das ist eine verdammte Lüge!“, brüllte Weidinger. Hedwig war unantastbar. Auch wenn sie sich gar nichts mehr zu sagen hatten, war ihre Loyalität doch die Mauer, auf der alles gründete.

Mehlbaum drehte sich nicht mehr um. Er lief einfach davon, ein schmutziggelber Fleck, der sich mit unverschämter Leichtigkeit bewegte und zwischen dem Braun der Bäume verschwand.

25.

Am Straßenrand standen nur noch wenige Zuschauer, die ohne viel Enthusiasmus den Nachzüglern applaudierten. Weidinger sah ein kleines dickes Mädchen, das ihm die Zunge herausstreckte. Ein paar alte Weiber wackelten mit den Möpsen, um die letzten Läufer anzuspornen. Er hätte kotzen können. Wie sehr er das alles hasste! Am liebsten hätte er sie alle umgebracht, so wie sie da waren. Dann hätte er keine Zeugen, wenn er Mehlbaum irgendwo ins Gebüsch zerren und auch umbringen würde. Am liebsten würde er die ganze Welt umbringen. Es machte sowieso keinen Unterschied mehr. Seine Knie waren weich, jeder Schritt schmerzte. Er wusste nur eines: Felix Mehlbaum durfte auf keinen Fall das Ziel erreichen.

Nachdem sie bei Kilometer 24,9 den Funkturm passiert hatten, ging es auf einer langgezogenen Passage bergab. Dann die letzte Verpflegungsstelle. Im Vorbeilaufen griff Weidinger zwei Becher. Der eine enthielt Wasser, das er sich über den Kopf und hinter den Kragen seines Hemdes schüttete. Der andere Becher enthielt einen bunten Sportdrink, der nach flüssigen Gummibärchen schmeckte. Er versuchte zu trinken, konnte aber nicht einmal mehr richtig schlucken. Seine Kehle war wie zugeschnürt. Er ließ den Becher einfach fallen. Er lief und lief, doch sein Verstand trat auf der Stelle. Er fühlte sich wie ein Hamster, der sich in seinem Rad zu Tode rannte. Er begann die Amokläufer zu verstehen, die einfach wahllos um sich ballerten. Die Verrückten, die sich eine Knarre besorgten, möglichst viele Leute in möglichst kurzer Zeit umlegten, und sich danach selbst das Gehirn aus dem Kopf bliesen. Vielleicht war das die Art von Wahnsinn, die ihn glücklich machen würde. Jedes dumme Grinsen, das ihm begegnete, würde er auslöschen. Und dann würde er sich selbst den Frieden geben, und die ganze Welt könnte ihn am Arsch lecken.

Dann dachte er an seine Frau. Was sollte er tun, wenn er nach Hause kam? Wenn Hedwig, blass und gleichgültig wie immer, ihm beim Abendbrot die kalte Schulter zeigte oder sich in ihr Lesezimmerchen zurückzog, wo sie meistens gar nicht las, sondern nur mit offenen Augen träumte und leise Musik hörte, statt mit ihm den Sonntagskrimi zu sehen? Was sollte er tun, wenn sie ihn mit ihren langsamen Lidschlägen streifte und er sich fragen musste, ob sie ihn mit Mehlbaum verglich, oder mit wer weiß wie vielen anderen Männern, mit denen sie ihn betrogen hatte. Gar nichts wusste er mehr, und er fühlte den Boden unter seinen Füßen weggleiten.

Gerne hätte er Mehlbaums Behauptungen als haltlose Lügen abgetan. Doch wenn er ehrlich war, wusste er, dass es stimmte. Im Grunde wusste er das schon lange. Er hatte es nur nie aussprechen wollen. Alles machte nun einen Sinn. Hedwigs Freundinnen in Herford, wahrscheinlich auch eine Lüge. Ihre Bastelabende für den Kirchenbasar. Alles war gelogen. Ihr Aquarellkursus an der Volkshochschule. Alles, alles, alles. Das ganze Leben eine Lüge. Und seine Ehe war die größte Lüge von allen, Symptom für sein ganzes, beschissenes, bedeutungsloses Dasein. Was sollte er tun, wenn sie wortkarg ihm gegenüber am Tisch saß, kaum hörte, was er sagte, und ihn über ihr Vollkornbrot hinweg in einer Weise anblickte, als sehe sie geradewegs durch ihn hindurch? Was sollte er tun, wenn sie sich später ins Bett legte, nur eine Armlänge von ihm entfernt, aber ganz kalt und starr, damit er nicht auf die Idee kam, die Hand nach ihr auszustrecken, als wolle sie ihn bestrafen, und er wusste nicht wofür. Nie wieder würde er sie berühren. Nie wieder!

Es ist doch ganz erstaunlich, wie viel mir das

ausmacht, dachte er. Er fand kaum noch Kraft zum Weiterlaufen. Aber er musste. Er musste. Er strauchelte leicht, fing sich wieder. Das Feld, sofern man noch von einem Feld reden wollte, passierte das Gasthaus „Eiserner Anton“. Kurz darauf überquerte Weidinger gemeinsam mit einigen anderen Läufern die Osningstraße, quälte sich weitere Treppenstufen hinauf. Der letzte große Leidenspunkt des Hermannslaufs. Wer hier durch war, hatte das Schlimmste überstanden. In der Ferne sah er den gelben Fleck Felix Mehlbaum, der unermüdlich dem größten Sieg seines Lebens entgegenlief.

26.

Das Wetter war beschissen, als Kommissar Wilke und Kriminalassistent Rothmanns sich in Richtung Hermannsdenkmal in Bewegung setzten. Der Mai begann grau und trübe. Heftige Schauer und Nieselregen wechselten sich ab. Sie hatten am Hotel Brand's Busch geparkt. Rothmanns Gesicht sprach Bände, als sein Chef zwei dunkle Regenumhänge aus dem Kofferraum wühlte.

„Du hast doch nicht etwa geglaubt, dass unser Wandertag wegen Schlechtwetter ausfallen würde?“, knurrte Wilke, den die Aussicht, stundenlang durch den Regen zu marschieren, auch nicht gerade heiter stimmte.

„Ehrlich gesagt, hegte ich diese Hoffnung“, gab Rothmanns zu, während er sich das unförmige Cape überhängte und die Kapuze ins Gesicht zog.

Der Kommissar aber war ein Pragmatiker, den das Leben gelehrt hatte, dass die eigene Anschauung durch nichts zu ersetzen war. Sie gingen rasch, um warm zu werden, Wilke mit einem Wanderstock ausgerüstet, den er je nach Bedarf auch als Machete oder Bodensonde einzusetzen gedachte.

„Und wonach suchen wir?“, fragte Rothmanns mit leise nörgelndem Unterton. „Die Fußspuren von Mehlbaum und Weidinger werden wir ja kaum noch finden.“

Wilke seufzte. Vielleicht wäre es besser gewesen, alleine zu gehen.

„Nennen wir es einfach ein Brainstorming an der frischen Luft“, sagte er. „Wir werden uns inspirieren lassen. Von der Strecke, den Eindrücken, den Strapazen. Verstehst du das, Rothmanns?“

Rothmanns verkniff sich ein Kopfschütteln. Er schaute auf seine des Wanderns ungeübten Füße nieder, die in neuen Laufschuhen steckten. Es ging leicht bergauf, vom Fundort der beiden Leichen in Richtung auf die Habichtshöhe.

„Wir müssen davon ausgehen, dass die beiden Wissenschaftler in Streit geraten sind“, erläuterte der Kommissar. „Über einen Gegenstand, der eine Bedeutung hatte, die über ihre üblichen und alltäglichen Feindseligkeiten weit hinausging. Und wenn ich Gegenstand sage, dann meine ich Gegenstand und keine abstrakten Theorien! Auf dem Foto, das Herr Junge uns brachte, hat Mehlbaum etwas in der Hand. Irgendein Objekt, das Weidinger möglicherweise für sich beanspruchte. Vielleicht war es auch umgekehrt, und Mehlbaum hatte ihm das Ding weggenommen. Auf jeden Fall scheint es sinnvoll zu sein, die Existenz eines solchen Gegenstandes als gegeben vorauszusetzen und in der Rekonstruktion des Tathergangs zu berücksichtigen."

„Und glauben Sie, dass wir dieses Teil auf unserem Spaziergang wiederfinden werden?", fragte Rothmanns ketzerisch. „Dann sollten Sie auch bedenken, dass die Fotos, die Herr Spitzmaus gemacht hat, von hier aus gesehen ein Stück vor den Lämershagener Treppen entstanden sind. Wenn Mehlbaum und Weidinger also um ein imaginäres Objekt stritten, hatten sie es dort zumindest noch, was bedeutet, dass wir mit unserem Ausflug auch in Lämershagen hätten beginnen können."

„Du bist ein Miesmacher, Rothmanns!", schimpfte der Kommissar. „Ich dachte ganz einfach, dass ein bisschen frische Luft uns beiden guttun würde. Und schließlich geht es nicht nur darum, wo die beiden Wissenschaftler ihren Gral womöglich verloren haben, sondern auch darum, wo sie ihn fanden. Ich halte es für völlig unwahrscheinlich, dass Mehlbaum das Ding bereits von zu Hause mitbrachte."

„Wenn wir die Stelle suchen, an der die beiden das Teil gefunden haben, hätten wir sogar erst jenseits von Lämershagen starten können“, gab Rothmanns überflüssigerweise zu bedenken.

„Deine Nörgelei nervt! Du wirst keine ausreichenden Gründe finden, dich vor dem Ausflug zu drücken. Etwas Bewegung tut dir gut. Du machst schon länger so einen abgeschlafften Eindruck.“

„Aber Chef, Sie glauben doch nicht wirklich, dass einer der beiden Typen quasi während des Laufes direkt am Wegesrand dieses obskure Objekt der Begierde aufgelesen hat und dass in der Folge beide so durchgedreht sind, dass sie sich gegenseitig umgebracht haben.“

„Dass sie sich gegenseitig umgebracht haben, steht wohl außer Frage“, versetzte der Kommissar. „Sie müssen das Streitobjekt ja nicht direkt am Weg gefunden haben. Wir wissen doch gar nicht, ob sie sich zwischendurch nicht mal in die Büsche geschlagen haben.“

„Warum hätten sie das tun sollen?“

Der Kommissar schüttelte den Kopf. Sein Assistent war phantasielos wie ein Stück Brot. „Vielleicht zum Pinkeln?“, schlug er vor.

„Wir sind ja noch nicht einmal sicher, dass Mehlbaum wirklich etwas bei sich trug. Bislang ist der Schatten auf dem Foto wirklich nichts weiter als ein Schatten."

Wilke antwortete nicht mehr. Als sie eine gute halbe Stunde später die Osningstraße überquerten, hatte Rothmanns sich in sein Schicksal ergeben. Sein Gemecker war verstummt. Er brauchte seine Puste für den Aufstieg zum Eisernen Anton.

Nach anderthalb Stunden erreichten sie den Ort, an dem Herr Junge fotografiert hatte. Kommissar Wilke trat zurück, die Ausdrucke in der Hand, und suchte nach einer übereinstimmenden Konstellation von Büschen und Bäumen.

„Ich glaube, es ist hier!", rief Rothmanns fünfzig Meter weiter vorne. Auch er hatte eine Serie von Ausdrucken in der Hand.

Wilke warf einen kritischen Blick auf die Rinde der Bäume und auf eine schief gewachsene Lärche mit einem ausladenden Ast, der in den Weg hineinragte. Davor waren Brennnesseln und seitlich davon eine kleine Tanne. Es kam hin.

„Siehst du, Rothmanns, ist doch gar nicht so schwer!", sagte er fröhlich und stapfte drauflos ins Unterholz.

Es hatte wieder zu nieseln begonnen, und so gesehen war Rothmanns ganz froh, unter dem schützenden Nadeldach des Waldes herumstromern zu können. Kaum ein Tropfen erreichte den Boden. Der Kommissar fühlte sich offensichtlich wieder wie ein kleiner Junge: Er raschelte in den alten Tannennadeln herum, hinterließ breite Spuren und stocherte hier und da mit seinem Wanderstab.

„Wenn Sie gefunden haben, was Sie suchen, lassen Sie es mich bitte wissen, ja?“, bemerkte Rothmanns mit einem Fingerhut voll Ironie.

Kommissar Wilke ließ sich nicht beirren. Zielstrebig drang er weiter in die beinahe unberührte Wildnis des Waldstücks vor. Nach etwa zwei- oder dreihundert Metern sah er eine große Baumwurzel, die aus dem Boden ragte. Nichts auf der Welt hätte ihn abhalten können, dort hineinzukriechen und nach versteckten Spuren zu fahnden.

„Ich habe es gewusst!“, rief er nach zwei Minuten triumphierend.

Missmutig kam Rothmanns näher, voller Unglauben, dass sein Chef tatsächlich fündig geworden sein sollte.

„Intuition ist in unserem Beruf ebenso wichtig wie die so genannte logische Analyse!“

Mit dem Finger deutete Wilke auf ein paar gelbe Seidenfäden, die an einem scharfkantigen Rindenstück hängen geblieben waren.

„Um was wollen wir wetten, dass diese Fäden zu Mehlbaums Sportanzug gehörten?“

Rothmanns, der rhetorische Fragen nicht ausstehen konnte, enthielt sich eines Kommentars. Es war offensichtlich, dass sein Chef Recht hatte und dass er selbst noch viel über die kriminologische Intuition zu lernen hatte.

„Und das hier sind garantiert Profilabdrücke von Mehlbaums Turnschuhen“, fuhr Wilke fort, auf ein paar gut erhaltene Fußspuren zeigend. Selbst der heftige Regen am Nachmittag des Hermannslaufs schien diese Stelle des Bodens nicht erreicht zu haben. Das Blätterdach der Buchen, die sich hier breitgemacht hatten, war so dicht wie ein Schirm.

„Traillaufschuhe heißen die, nicht Turnschuhe“, sagte Rothmanns.

„Was?“

Es war sinnlos, seinem Chef die Fachausdrücke moderner Jugend- und Sportkultur beibringen zu wollen. Turnschuhe blieben für ihn Turnschuhe.

Rothmanns seufzte. „Und nun?“

„Nun werde ich die Jungs von der Spurensicherung anfordern, damit die das hier alles aufnehmen.“

„Na, die werden sich freuen“, murmelte Rothmanns. „Soll das heißen, dass wir jetzt hier warten, bis die Jungs eintrudeln?"

„Ganz sicher nicht! Freu dich nicht zu früh." Kommissar Wilke öffnete ein Seitentäschchen seines kleinen Wanderrucksacks, in dem er neben Proviant und Verbandszeug auch eine Wunderwaffe moderner Überlebenshilfe verborgen hielt.

„Was ist das?", fragte Rothmanns misstrauisch, als ein rotes Plastikgehäuse zum Vorschein kam.

„Ein GPS-Gerät natürlich, was sonst!", antwortete der Kommissar. „Ich war gestern noch in dem Laufladen am Niederwall und habe mich ausgerüstet. Das Ding zeigt nicht nur die Längen- und Breitengrade an, sondern macht auch Richtungsangaben, berechnet Entfernungen und die Geschwindigkeit, mit der wir uns bewegen. Man kann ja nie wissen, wofür es gut ist!"

Rothmanns verdrehte heimlich die Augen und sagte nichts mehr. Kommissar Wilke aber wählte bereits die Telefonnummer der Spurensicherung und gab ihnen eine genaue Lagebeschreibung der umgekippten Baumwurzel durch, mit der dringenden Anweisung, sofort rauszufahren und alle Spuren sicherzustellen.

„Und wir laufen nun weiter", sagte er zu Rothmanns, als er seine Gerätschaften wieder verpackt hatte. „Wir wollen es doch heute noch bis zum Hermann schaffen, oder?"

27.

Weidinger war am Ende. Wie im Delirium stolperte er vorwärts. Nur noch wenige Unglückliche befanden sich auf der Strecke und bewegten sich das wellige Wegstück hinab Richtung Habichtshöhe.

Weidingers Gedanken waren wirr. Seine Lunge schmerzte, sein Atem ging röchelnd. Würde es ihm nicht gelingen, Felix Mehlbaum zu stoppen, müsste er zwangsläufig sein eigenes Leben beschließen. Und wenn er es nicht über sich brachte, sich vom Turm der Sparrenburg zu stürzen oder vor einen Zug zu werfen, müsste er zumindest von der Bildfläche verschwinden. Er würde sich nicht mehr die Blöße geben, am Montag zur Arbeit zu gehen. Er würde sich absetzen, sofort und unverzüglich. Noch an diesem Tag. Und er würde auch nicht warten, bis Hedwig kam und ihn abholte. Er wollte sie gar nicht wiedersehen. Er würde ein Taxi nehmen und zu Hause in aller Eile ein paar Sachen in den Koffer werfen. Nur das Notwendigste. Das Taxi könnte mit laufendem Motor vor der Haustür warten. Etwas Wäsche, seine Papiere, sein Laptop. Oder vielleicht das Laptop nicht. Das würde er ja nicht mehr brauchen. Nur so viel er tragen konnte. Dann würde er sich nach Hannover bringen lassen, mit dem Taxi zum Flughafen, und versuchen, irgendeinen Billigflieger nach Spanien zu bekommen.

Ob es am Flughafen Duschen gab? Sicher. Dort gab es alles. Und dort kannte ihn niemand. Vielleicht könnte er sich in der Wartehalle auf einer Bank ein bisschen lang machen, bevor der Flieger ging. Und am späten Abend wäre er schon in Cadiz bei Karin, seiner Schwester, die da irgendwo im Hinterland mit ein paar Neo-Hippies einen alternativen Campingplatz betrieb, auf dem es Pferde, Hühner und Ziegen gab. Er hatte sie stets belächelt. Aber immerhin war sie seine Schwester. Vielleicht könnte er dort in einem alten Wohnwagen leben und sich um die Pferde kümmern. Er hatte Pferde immer gemocht, und Pferde mochten ihn. Er würde sich einen Strohhut und eine Sonnenbrille besorgen, bevor er bei Karin auftauchte, und so tun, als wäre es ein Überraschungsurlaub. Und er würde ihr erzählen, dass er sich von Hedwig getrennt habe, und sie bitten, dass sie ihn verleugnen möge, für den Fall, dass das Telefon klingelte.

Weidinger keuchte. Die Gedanken waren irgendwie tröstlich, wenn auch vollkommen unsinnig. Er konnte gar nicht zu seiner Schwester fahren. Sie hatten seit Jahren kein Wort miteinander geredet. Er konnte nirgendwo hin. Er konnte nicht untertauchen. Man würde ihn überall finden. Die Schande würde ihn immer wieder einholen.

Er rannte, bis er das gelbe Hemd Mehlbaums dicht vor Augen hatte. Eine letzte Erniedrigung gab es noch, die er sich antun musste, ehe er Mehlbaum tatsächlich umbrachte.

„Mehlbaum, warte!“, japste er und schloss die letzten Meter auf.

Mehlbaum schaute sich nicht um.

„Warte!“, rief Weidinger. „Lass uns noch einmal reden. Nur ein paar Worte!“

Mehlbaum blickte störrisch geradeaus und lief weiter mit gefühllosen Beinen, die sich wie eine Maschine bewegten.

Weidinger biss die Zähne zusammen und ignorierte die Seitenstiche, das Krampfen des Magens und die damit einhergehende Übelkeit, die in Wellen seine Kehle hinaufquoll. Seine Schritte wurden ein letztes Mal länger. Zentimeter um Zentimeter kämpfte er sich an Mehlbaum heran. Ihr Tempo war nicht mehr besonders hoch, und ein paar andere Nachzügler, die auf den letzten Kilometern noch einmal alle Kraftreserven mobilisierten, setzten zum Überholen an. Weidinger klebte Mehlbaum an der Backe wie ein Kaugummi, der sich ins Profil getreten hatte und nicht wieder abstreifen ließ.

„Ich will dir ein Angebot machen, Mehlbaum“, keuchte er, als die anderen Läufer außer Hörweite waren. Er schluckte ein paar Mal, wobei seine Augäpfel schmerzhaft in den Höhlen verschwanden. Sein Magen krampfte immer mehr. Er musste seinen Speichel hinunterschlucken, um den Brechreiz zu überwinden.

„Deine Angebote interessieren mich nicht!“, sagte Mehlbaum, der ebenfalls keuchte und der trotz größter Bemühungen nicht mehr in der Lage war, wieder eine Distanz zwischen sich und dem Verfolger zu bringen.

„Ich nehme es dir nicht übel“, gab Weidinger blubbernd von sich. Seine Vokale schwankten.

„Was nimmst du mir nicht übel?“, fragte Mehlbaum, der noch die Energie fand, seiner Stimme einen Anflug von Zynismus zu geben.

Weidinger bemerkte das nicht mehr. Seine Wahrnehmung hatte sich zu einer Art Tunnelblick verengt, der sich über alle Sinnesorgane erstreckte. In seinen Ohren rauschte es. Vor seinen Augen schwirrten rote Fliegen. Leuchtkäfer. Irgend so ein Zeug. Er hob die linke Hand und wischte sich übers Gesicht. Es half nicht viel.

„Hedwig“, stieß er hervor. „Die Sache mit Hedwig, meine ich. Ich nehme es dir nicht übel.“

Mehlbaums Stimme zischte wie ein finaler Todesstoß. „Wenn du nur den kleinsten Funken Charakter und Rückgrat hättest, würdest du es mir übel nehmen!“

„Nein, ich nehme es dir nicht übel“, gurgelte Weidinger, den die letzte Spur von Selbstachtung verließ. „Und ihr nehme ich es auch nicht übel. Warum sollte ich das tun? Ich liebe sie wirklich noch. Und wenn sie mit dir ihren Spaß gehabt hat, warum sollte ich es ihr nicht gönnen?“

Er redete Blödsinn, er machte sich absolut lächerlich, aber er konnte nicht mehr anders.

„Sie sieht doch noch ganz gut aus, Mehlbaum, findest du nicht? Wenn sie sich ein bisschen mehr pflegen würde …“

Er stieß die Luft ruckartig ein und aus. „Und du hast keine Freundin, Mehlbaum, soweit ich weiß … Bei dir hat es doch nie eine ausgehalten, und so bist du im Grunde immer alleine … Vielleicht willst du ja auch gar nichts Festes, das will ich nicht beurteilen … das geht mich auch gar nichts an …“

Sein Gesicht wurde rot vor Luftmangel. Er hätte besser den Mund halten und durch die Nase atmen sollen, wenn er nicht umkippen wollte. Aber alles Schamgefühl hatte ihn verlassen, und er musste weitersprechen, Worte, die er sich bei klarem Verstand niemals mehr würde verzeihen können.

„Ich meine, wenn du ab und zu mal das Bedürfnis hast ... du verstehst schon, was ich meine ... wir sind schließlich beide Männer ..."

Ein grauenvolles Gurgeln, das vielleicht als Lachen gedacht war, unterbrach seine Worte. „Ich meine, wenn dir mal danach ist ... wenn du Lust hättest ... also ich hätte nichts dagegen, wenn du dich dann mit Hedwig treffen würdest ... Ich würde mein Einverständnis geben ..."

Mehlbaum ließ aus den Augenwinkeln einen abgründigen Seitenblick an ihm hinuntergleiten. Er fühlte einen eisigen Schauer. Die Eskalation war unvermeidlich. Weidinger brachte sich selbst in eine immer ausweglosere Lage. Wie sollte er nach dem Rennen weiterleben, nachdem er diese Worte ausgesprochen hatte?

„Ich meine, wenn es euch beiden Freude macht ...", sülzte Weidinger, dem der Speichel in dünnen Fäden aus den Mundwinkeln lief und Spuren in seinem Bart hinterließ. „Wie gesagt, ich hätte nichts dagegen ... Vielleicht könnten wir uns einigen ... Und wenn dir wirklich etwas an ihr liegt, dann kommen wir sicher auch über andere Dinge ins Gespräch ..."

Wieder ließ Weidinger ein meckerndes Lachen hören. „Hast du mich verstanden, Mehlbaum?"

„Ja, ich habe dich verstanden. Endlich hast du dein Mäntelchen fallen lassen und enthüllt, dass du nicht nur ein miserabler Wissenschaftler bist, sondern auch ein abgrundtief verkommener Mensch, ein widerwärtiges Subjekt, ein charakterloses Dreckschwein!"

Die lange Rede kostete Mehlbaum Anstrengung. Sein hageres Gesicht verzerrte sich.

„Mehlbaum! Ich habe doch keine andere Wahl! Lass uns doch darüber reden. Und Hedwig, wenn sie dir gefällt ..."

„Du widerliches Schwein! Zuhälter deiner eigenen Frau! Du würdest auch deine Mutter an den Teufel verkaufen, nur um dieses verrostete Stück Blech in die Finger zu bekommen!"

„Ja, das würde ich tun!", schrie Weidinger. „Und du würdest das auch tun an meiner Stelle! Du moralistisches Arschloch! Du korinthenkackender Bedenkenträger! Warum sagst du nicht einfach „Ja" und nimmst mein Angebot an? Dann kannst du es jeden Tag mit ihr treiben und brauchst nicht mehr den Biedermann zu heucheln!"

Mehlbaums Erschauern wurde stärker. Alles in ihm zog sich zusammen. Ein weiteres Mal nahm er alle Kräfte zusammen, und diesmal gelang es ihm, zwei oder drei Meter Abstand zu gewinnen.

28.

„Was meinen Sie, was bei Lämershagen passiert ist, Chef?“, fragte Rothmanns, dem der schweigsame Marsch langweilig wurde. Sie hatten den Truppenübungsplatz erreicht. Bis zum Hermannsdenkmal waren es noch zwölf Kilometer.

Wilke, der dem langen Schweigen keine Bedeutung beigemessen hatte, runzelte die Stirn. „Da wir die Fotos kennen, die Herr Junge gemacht hat, ist es eigentlich ziemlich klar: Weidinger zerrte Mehlbaum in die Büsche. Wahrscheinlich, um ihm jenes rätselhafte Objekt, das wir auf einem der Bilder als Schatten sehen, abzunehmen. Mehlbaum lief vor ihm weg und versteckte sich hinter der Baumwurzel. Dabei blieb er mit seiner Jacke oder seinem Trikot hängen und zog sich ein paar Fäden heraus. Später erreichten Mehlbaum und Weidinger wieder die Straße und liefen weiter.“

„Und was bringt uns diese Erkenntnis jetzt? Ich meine, deswegen wissen wir immer noch nicht, worum die ganze Auseinandersetzung eigentlich ging. Wir wissen nicht, was für ein Teil das war, das Mehlbaum bei sich trug. Oder wer es wem abnehmen wollte. Oder woher es stammte. Und selbst, wenn wir das alles herausfinden, würde es an dem Ergebnis doch nichts mehr ändern: Die beiden Männer sind tot. Allem Anschein nach haben sie sich gegenseitig umgebracht. Und wer da am Ende von welcher Motivlage getrieben wurde, ändert an der Sache sowieso nichts mehr."

„Manchmal frage ich mich, ob du bei uns richtig bist, Rothmanns. Betrachte es doch als einen natürlichen Forscherdrang: Auch wir beide sind Wissenschaftler, die sich bemühen, Beweise und Wahrheiten ans Licht zu holen und das oft unter erschwerten Bedingungen. Sieh es als eine Art Spiel: Wenn du am Ende beweisen kannst, dass du klüger warst als die Verbrecher und als die vertrackten Umstände, dann gibt es dir ein gutes Gefühl. Warum lösen Menschen Kreuzworträtsel? Oder plagen sich mit Sudokus herum? Mir zumindest lässt es keine Ruhe, wenn ich weiß, dass es ein Geheimnis gibt, das ich eventuell auflösen könnte."

„Und das halten Sie für einen wissenschaftlichen Ansatz?", fragte Rothmanns mit leichtem Spott. „Ich würde das eher als Spieltrieb bezeichnen."

„Du lebst gefährlich, Rothmanns. Ist dir das eigentlich klar?", fragte Wilke, dem es gelegentlich Freude machte, den Eisenfresser zu mimen, drohend.

„Sie würden mich doch nicht umbringen, Chef. Oder?“

„Da wäre ich mir an deiner Stelle nicht so sicher, Rothmanns. Du solltest an unserem aktuellen Fall gelernt haben, dass Wissenschaftler zu vielen Dingen fähig sind, wenn sie sich auf den Schlips getreten fühlen!“

Rothmanns war sich nicht sicher, wie ernst diese Worte gemeint waren. Wenn sein Chef sauer wurde, war mit ihm nicht gut Kirschen essen, das stimmte schon.

„Wir sind also Forscher“, sagte er vorsichtig. „Und uns liegt ganz persönlich etwas daran, Geheimnisse zu lüften und herauszufinden, was für ein Objekt es war, das den Tod von zwei so hochachtbaren Männern auslöste.“

„Inzwischen stimme ich dir zu, dass Mehlbaum es wahrscheinlich nicht am Straßenrand aufgelesen hat. Ich kann mir höchstens vorstellen, dass er es in der Nähe des Hermannsdenkmals fand. Irgendwo dort in den Büschen vielleicht, bevor das Feld startete.“

„Wenn Sie das glauben, warum laufen wir dann den ganzen Weg zu Fuß ab, statt mit dem Wagen direkt zum Denkmal zu fahren?“

„Ich glaube, ich erwähnte bereits die Vorzüge der körperlichen Ertüchtigung“, erwiderte Wilke gnadenlos und beschleunigte seinen Schritt, um Rothmanns ein wenig laufen zu lassen.

Als sie den Hermann erreichten, klagte Rothmanns über seine Füße, seine Waden und seinen niedrigen Blutdruck. Der Kommissar hingegen hielt sich erstaunlich gut. Seine alten Wanderschuhe schienen für die Strecke besser geeignet zu sein als diese Turbo-Turnschuhe, die Rothmanns sich zugelegt hatte. Wahrscheinlich eigneten sie sich nur, um in die Disco zu gehen.

„Ich glaube, wir sind auf der richtigen Spur“, sagte Wilke fröhlich. „Möglicherweise hat Felix Mehlbaum das Objekt tatsächlich hier oben gefunden. Wenn er es von Anfang an bei sich gehabt hätte, hätte er eines von diesen Umschnalltäschchen mitgebracht, um es während des Laufes bequemer transportieren zu können.“

„Wenn wir davon ausgehen, Chef, können wir die Vermutung, dass es sich um Nacktfotos von Frau Weidinger handelte, wohl abhaken“, stellte Rothmanns fest. „Denn die würde Mehlbaum kaum zufällig hier oben gefunden haben.“

„Das glaubte ich sowieso nicht. Frau Weidinger ist eine vorsichtige Frau. Sie würde ihren Mann vielleicht betrügen, aber sie würde ganz sicher nicht zulassen, dass jemand Nacktfotos von ihr macht. Ich vermute immer mehr, dass es sich um etwas Archäologisches handelte. Irgend so ein Relikt, um das sie sich gestritten haben."

„Das berühmte Stück vom Schwert des Varus?", spöttelte Rothmanns.

„Ja, so etwas in der Art."

„Hm", machte Rothmanns, den das alles nicht überzeugte, der seinen Chef aber gut genug kannte, um zu wissen, dass es wenig Sinn hatte, ihm die Flausen ausreden zu wollen.

Etwa anderthalb Stunden lang durchstreiften sie die Umgebung des Denkmals, kämpften sich durch Brennnesseln, Schlingpflanzen und dorniges Unterholz. Der Kommissar schaute in hohle Astlöcher und stocherte in Kaninchenhöhlen. Keine Spur vom Schwert des Varus. Und auch keine Spur von Mehlbaum oder Weidinger. Kein leuchtendgelber Knopf von Mehlbaums Trikot, der ihnen den Weg gewiesen hätte. Kein weggeworfenes Papier von Weidingers Lieblingsbonbons. Die ganze Aktion war für die Katz, wie Rothmanns genervt dachte, denn das hatte er ja sofort gewusst.

Kommissar Wilke hingegen schien nicht einmal besonders enttäuscht zu sein. Die frische

Luft hatte ihm sichtlich gutgetan. Seine Haare waren zerzaust, seine Schuhe voll Dreck, aber irgendwie war er aufgeblüht.

„Wir haben es immerhin versucht", sagte er fröhlich. „Darauf kommt es an. Ich hätte mir nie verziehen, es nicht wenigstens versucht zu haben. Ich hätte mich sonst immer gefragt, ob ich nicht das entscheidende Indiz hätte finden können."

„Also sind wir einunddreißig Kilometer gelaufen, um Ihr Gewissen zu beruhigen?", fragte Rothmanns süffisant.

„Lass uns diesen Weg hier nehmen", sagte Wilke. „Da waren wir noch nicht. Und dann setzen wir uns einen Moment zu Hermanns Füßen und ruhen aus."

Nach etwa fünfzig oder sechzig Metern hörte der Weg auf, ein Weg zu sein, und eine zerfurchte, matschige Kuhle trat an seine Stelle. Die Erde war aufgewühlt. Reste von Regenwasser hatten sich in den Vertiefungen gesammelt. Mittendrin lag ein dicker Ast, den einer der umstehenden Bäume abgeworfen haben musste.

„Vielleicht hat Mehlbaum hier seinen Fund gemacht?", mutmaßte Rothmanns. „Sieht doch so aus, als ob hier jemand kräftig gebuddelt hat."

„Du hast wirklich keine Ahnung, Rothmanns.

Ich glaube, ich muss öfter mit dir wandern gehen", sagte der Kommissar. „Das ist eine Suhlstelle. Das waren Wildschweine, nicht Mehlbaum!"

Dann hangelten sie sich an ein paar dünnen Stämmen im Halbkreis vorwärts, um die Suhle zu umgehen.

„Und jetzt?", fragte Rothmanns, als sie endlich das Unterholz verließen und einen Moment verschnauften.

„Es hat aufgeklart", stellte der Kommissar fest. „Ich dachte eigentlich, wenn wir uns ein bisschen ranhalten, könnten wir den Weg zurück auch zu Fuß schaffen."

Rothmanns setzte sich auf einen Stein zu Füßen des Cheruskers und maulte. Also kramte Wilke ein weiteres Mal sein Handy aus der Tasche und rief die Dienststelle an, damit man einen Wagen zum Hermann raufschickte, um sie abzuholen.

29.

Der Weg war steinig, völlig ausgewaschen. Nach achtundzwanzig Kilometern waren Kondition und Konzentration aufgebraucht. Mehlbaum stolperte vorwärts. Er durfte den Anschluss nicht verlieren. Bis zum Restaurant Habichtshöhe war es nicht mehr weit. Von hinten überholten wieder zwei Läufer. Niemand wollte als Allerletzter die Promenade erreichen. Mehlbaum versuchte, mit ihnen Schritt zu halten. Wenn er die Stadt erreichte, war er gerettet. Dann konnte Weidinger ihm nichts mehr anhaben, und in ein paar Wochen, wenn sie sich zufällig wieder über den Weg liefen, würde er wahrscheinlich so tun, als wäre alles nur ein dummer Scherz gewesen.

„Bitte, bleiben Sie stehen!“, keuchte Mehlbaum den vorbeiziehenden Läufern hinterher. „Helfen Sie mir!“

Doch niemand blieb stehen. Alle dachten nur an sich selbst.

„Sie hören dich nicht, Mehlbaum!“, prustete Weidinger von hinten. „Sie wollen dich gar nicht hören ... Wir werden jetzt über diese Sache reden ... Und wir werden uns einigen, hörst du? Wir werden uns einigen!“

Mehlbaum antwortete nicht mehr. Es hatte

keinen Sinn. Weidinger war völlig durchgedreht. Die Überholenden hatten schon ein Stück Abstand gewonnen. Das letzte rote Sporthemd, über dem ein blonder Pferdeschwanz wippte, überquerte die Straße und verschwand hinter der langgestreckten Kurve, die vor ihnen lag.

„Keiner wird dir helfen, Mehlbaum", ächzte Weidinger. „Ganz egal, wie viele Gaffer an der Straße stehen, keiner wird dir helfen."

Mehlbaum drehte seinen Nacken so weit, bis er aus den Augenwinkeln Weidingers Gestalt hinter sich sah, die sich wie ein müder Ackergaul bewegte.

„Du gibst mir jetzt sofort dieses Ding, Mehlbaum", rief er.

Mehlbaum glaubte seinen Atemzug im Nacken zu spüren.

„Du gibst es mir sofort, oder ich mache dich fertig!" Er hatte Mehlbaum fast erreicht. Zwei Armlängen höchstens noch.

Mehlbaum blickte sich panisch um. Das letzte, kurze Stück über Waldboden, ein paar hundert Meter durch baumbestandenes und schlecht einsehbares Gelände. Er fasste sich an den Hosenbund und zog das Blechstück heraus, den rätselhaften Nackenschutz eines römischen Legionärs, der vor ziemlich genau zweitausend

Jahren auf der Grotenburg gestorben war und der, aufgespießt von Barbaren, mit eingeschlagenem Schädel, durchschnittener Kehle, oder einfach vor lauter Hoffnungslosigkeit im herbstlichen Wald seine Seele ausgehaucht hatte.

„Mehlbaum, bleib stehen! Gib mir dieses Ding und lass uns Freunde bleiben. Vergiss alles andere, was ich gesagt habe. Lass uns einfach Freunde bleiben!"

Mehlbaum schloss seine Finger fest um das Metall, das von der Wärme seines Bauches ebenfalls ganz warm geworden war. *LEG XIX*. Die Neunzehnte Legion. Er war ihr letzter Überlebender. Er musste die nächste Siedlung erreichen, um die Kunde von der Schlacht weiterzugeben. Es war viel mehr als nur das Vermächtnis eines namenlosen Soldaten. Es war die Erfüllung einer Pflicht sich selbst gegenüber. Dieses schäbige Stückchen Blech war alles, woran er glaubte, worauf er hoffte, und alles, wofür er die letzten zwanzig Jahre gearbeitet hatte. Es war sein ganzes verdammtes Leben!

„Mehlbaum, ich warne dich. Reize mich nicht zu sehr!", tönte es von hinten. „Du weißt genau, dass ich dich mit dem Ding nicht weiterlaufen lassen kann. Du weißt, dass ich es nicht KANN!"

Mehlbaum schleppte sich weiter. Seine Beine wollten nicht mehr. Sie fühlten sich an, als würden sie jeden Moment einknicken. Kein Mensch war in der Nähe. Von hinten kamen keine Läufer mehr nach, und die letzten Zuschauer hatten sich verzogen, waren schon zur Sparrenburg weitergewandert, um dort die Ehrenrunden des Siegers zu beklatschen und ein fröhliches Fest zu feiern. Das Ende des Feldes interessierte nicht. Verlierer wollte niemand sehen.

Weidinger begann zu brüllen. „Ich bringe dich um, wenn ich dich erwische, Mehlbaum! Und ich werde dich erwischen!“

Mehlbaum schaute nicht zurück. Jede überflüssige Bewegung kostete Kraft. Er ließ die Kurve hinter sich. Er wünschte sich nichts sehnlicher, als den Anfang der Promenade zu erreichen. An der Promenade würden wieder Zuschauer stehen. Sie würden ihn retten. Dann konnte er auch ganz gemütlich in Schritt verfallen. Dann konnte er aufhören zu kämpfen. Er würde sich irgendeinen Zuschauer schnappen und ihn bitten, ihn ein Stück zu begleiten. Er würde so tun, als ob er Wadenkrämpfe hätte. Er würde sich ganz einfach an ihn klammern und nach der Polizei verlangen …

Aber bis zur Promenade war es noch weit,

und noch hatten sie das abgelegene Stück nicht hinter sich. Vor Mehlbaums Augen begann es zu flimmern. Plötzlich war Weidinger da. Er stolperte vorwärts, streckte seine Arme aus und bekam einen Zipfel von Mehlbaums Seidenkapuze zu fassen. Mehlbaum schrie auf. Er zog den Kopf ein und versuchte sich aus der Jacke zu winden, aber um die Ärmel abzustreifen, hätte er das Blechstück loslassen müssen. Um nichts in der Welt konnte er das tun.

„Jetzt habe ich dich“, keuchte Weidinger. Er zog am Stoff der Kapuze, mit der anderen Hand griff er nach Mehlbaums Haarschopf. Er riss ihm den Kopf nach hinten und drückte ihn mit vollem Gewicht nach unten. Mehlbaum ging in die Knie. Er konnte sich nicht mehr wehren. Seine Finger verkrampften sich um das elende Stück Blech. Weidinger versuchte, es ihm zu entwinden, brachte aber Mehlbaums Finger nicht dazu, sich zu öffnen. Er würde ihm die Finger brechen müssen. Auch das war egal. Es machte keinen Unterschied mehr. Er würde tun, was zu tun war, um dieses gottverfluchte Stück Schrott verschwinden zu lassen.

Ein Knäuel aus Gliedmaßen und Sportanzügen wälzte sich im Staub. Der neongelbe Stoff von Mehlbaums Sportdress war völlig verdreckt.

Auf dem violetten Stoff von Weidingers Outfit fiel der Staub weniger auf, was ihn trotz der allgemeinen Lage, etwas würdevoller erscheinen ließ.

„Du hast es ja nicht anders gewollt, Mehlwurm“, prustete er, den mageren Gegner mit seinem Gewicht in Schach haltend. Mehlbaum konnte sich kaum rühren.

„Und jetzt breche ich dir jeden einzelnen Finger, wenn du nicht vernünftig bist!“

Mehlbaum lockerte die linke Hand und griff hinter sich auf den Boden. Er bekam ein Häufchen groben Sand in die Finger, das er Weidinger ins Gesicht schleuderte. Weidinger spuckte und pustete. Seine Augen brannten. Er stöhnte. Speichel rann ihm aus dem Mund und tropfte dem unten liegenden Mehlbaum auf die Stirn. Die Zeit für Worte war vorbei. Mehlbaum ließ das Scheißding immer noch nicht los.

Weidinger sah nur noch rote und orange Farben. Es war wie ein Feuer. Alles begann zu lodern. Er hieb Mehlbaum eine Faust mitten ins Gesicht. Vielleicht war es leichter, ihm den Hals umzudrehen, als ihm die Finger zu brechen. Das würde die Sache ein für alle Mal regeln. Kein Gejammer hinterher. Keine Mitleidstour Mehlbaums vor der Regionalpresse, die verbundenen

Hände in die Kameras haltend und weinerlich beteuernd, dass er es gewesen sei, der das Helmblech gefunden habe, und dass es seit zweitausend Jahren auf der Grotenburg in einer Schweinesuhle gelegen habe und nicht irgendwo auf einem Feld, achtzig Kilometer von hier … Ja, das Halsumdrehen hatte Vorteile! Weidingers Hände tasteten sich vor. Mehlbaums Hals war ungeschützt. Er begann zuzudrücken.

Mehlbaum röchelte. Hinter seinen Lidern begannen Lichtpunkte zu tanzen. Seine freie Hand zuckte über den Straßenbelag. Irgendwie bekam er einen Stein zu fassen, schwer und scharfkantig, vielleicht war es ein halber Pflasterstein, der hier aus irgendeinem Grund am Wegesrand lag. Mehlbaum krallte seine Finger zusammen, hob den Arm und hieb dem halb auf ihm liegenden Weidinger den Stein auf den Kopf.

Weidinger lockerte die Hände um Mehlbaums Hals. Grelle Blitze schossen durch seinen Schädel und das schöne rote Lodern vor seinen Augen wurde dunkler. Ein letztes Aufbäumen, ein letztes kurzes Gerangel. Dann sank er in sich zusammen. Mehlbaum wollte sich von dem schweren Körper seines Gegners befreien und wand sich wie ein Wurm. Mitten in der Bewegung erstarrte er: In der linken Brustseite fühlte er einen unbeschreiblichen Schmerz, der alles Leben aus ihm herauszupressen schien. Er lockerte die Hand, die das Blechstück hielt, und führte sie zum Herzen.

Weidinger, dessen Finger in einem letzten Reflex nach dem Helmstück tasteten, kam platt auf Mehlbaum zu liegen, als wolle er ihn umarmen, eine letzte Geste der Versöhnung, wovon Mehlbaum seinerseits bereits nichts mehr merkte.

30.

„Wir haben getan, was wir konnten, und trotzdem sind wir genauso dumm wie zuvor!“, bemerkte Wilke, während er mit der Kaffeemaschine zu klappern begann. Da er überzeugt war, dass nur er selber einen wirklich guten Kaffee aufsetzen konnte, waren seine Mitarbeiter dazu übergegangen, ihm diese Aufgabe nicht mehr streitig zu machen.

Rothmanns hatte soeben seine Frühstücksstulle ausgepackt. „Oder genau so klug!“, antwortete er mit vollem Mund. „Sie müssen die Dinge positiv betrachten, Chef. Das sage ich Ihnen nicht zum ersten Mal!“

„Ich frage mich, was es an dieser Ermittlung Positives gibt“, knurrte der Kommissar, der mit zusammengezogenen Brauen zwischen seinen Akten nach dem Süßstoff wühlte.

„Irgendwie wird die ganze Sache immer rätselhafter anstatt klarer. Zu Anfang war ich davon überzeugt, dass es die berufliche Konkurrenzsituation zwischen den beiden Wissenschaftlern war, die zur Kulmination führte. Nachdem ich Frau Weidinger hier hatte, ging ich dazu über, Eifersucht zu vermuten. Wirklich zufrieden war ich mit keiner der beiden Erklärungen. Dann kamen Herr Junge mit seinen Fotos und Doktor Pohl mit seinen Untersuchungen. Damit deutete sich eine ganz andere Richtung an. Wir sind den ganzen Weg abgelaufen, aber klug geworden sind wir dennoch nicht!“

„Vielleicht sollten wir an andere Erkenntnisse anknüpfen. Mehlbaum scheint jedenfalls ein aalglatter Typ gewesen zu sein“, sagte Rothmanns. „Geschmeidig wie eine Schlange, schlüpfrig wie ein Molch. Ein unausstehlicher Klugscheißer, da besteht Einigkeit. Vielleicht hat er bekommen, was er verdiente.“

„Möglicherweise gibt es Menschen, die so denken“, sagte der Kommissar. „Aber du solltest dir Kommentare in diese Richtung lieber verkneifen.“

„Jedenfalls ist es nicht wirklich verwunderlich, dass es auf Mehlbaums Beerdigung so still war wie im All. Zwei seiner Arbeitskollegen, die pro forma dort aufgelaufen sind. Und eine ältliche Dame, die sich die Augen ausgeweint hat.“

„Das war Frau Wolle, seine Sekretärin. Sie scheint eine geheime Zuneigung für ihren Chef gehegt zu haben.“

„Da war sie anscheinend wohl die Einzige!“

„Nicht ganz“, sagte Wilke nun selber mit einem Fädchen Ironie. „Als die Kollegen Mehlbaums Haustür öffneten, wartete dort ein fetter Kater auf seine Abendmahlzeit. Der vermisst seinen Dosenöffner sicher auch. Und was glaubst du, wie Mehlbaum den Kater genannt hat?"

Rothmanns zuckte die Achseln. „Keine Ahnung. Hermann vielleicht? Oder Varus?"

„Weidinger!", sagte der Kommissar. „Das lässt doch tief blicken! Die Kollegen haben den Fressnapf sichergestellt. Sie meinten wohl, das könnte interessant sein. Mehlbaum hatte den Namen liebevoll mit Edding draufgeschrieben. Ich konnte es kaum glauben, als ich es sah."

„Das ist ja wirklich sinnig! Weidinger, das arme Vieh, lebt von den Brosamen, die sein Herrchen Mehlbaum ihm zukommen lässt. Und abends musste er ihm wahrscheinlich noch die Füße wärmen."

„Schon möglich."

„Und was passiert nun mit ihm? Tierheim?"

„Mehlbaums Sekretärin kümmert sich um den Kater. Sie kämpfte geradezu um dieses Privileg. Sie nennt ihn jetzt Mucki oder Schnucki, soweit ich informiert bin."

„Armes Vieh! Aber immer noch besser als ins Tierheim!", philosophierte Rothmanns.

„Das kann man nicht wissen", sagte Wilke düster, dem die betuliche Frau Wolle auf die

Nerven gegangen war. Sein Gesicht war mürrisch, unbefriedigt. Er hasste unbeantwortete Fragen und ungelöste Fälle.

„Was werden Sie tun, Chef?"

„Was soll ich tun? Ich werde den Fall schließen und zu den Akten legen. Tatsache ist, dass ich mir selten so die Zähne ausgebissen habe."

„Und weiter nichts?"

„Nein, weiter nichts", sagte der Kommissar defätistisch. „Ich weiß, dass es ein Puzzleteilchen gibt, das mir fehlt. Aber ich weiß auch, dass ich es wahrscheinlich niemals finden werde. Und das ist hochgradig unbefriedigend. Die Auswertung der CD des Naturliebhabers mit dem Spitzmausgesicht ist leider ergebnislos geblieben. Auch nach sorgfältigster Bearbeitung des entscheidenden Bildausschnittes ist es den Kollegen nicht gelungen, herauszufinden, ob der Schatten in Mehlbaums Hand mehr als nur ein Schatten war."

„Vielleicht hat es dieses Puzzleteil nie gegeben", warf Rothmanns ein, mit der Absicht, seinen Chef von einem Gewicht zu erlösen.

„Pohls Bericht ist eindeutig. Es gibt dieses Teil. Metallpartikel auf der Haut. Ich kann jedoch nichts weiter tun. Ich werde gleich ein großes Bier trinken gehen, vielleicht auch zwei oder drei, damit ich in Ruhe schlafen kann und an diesen ganzen Unsinn nicht mehr denken muss!"

Mit einem Ausdruck mittleren Ekels klappte Wilke den Aktenordner zu und schob ihn von sich weg, bis an den Rand seines überquellenden Schreibtisches. Er war versucht, in seine Jackentasche zu greifen und nach der Zigarettenpackung zu wühlen.

„Vielleicht war es wirklich nur ein Schatten auf dem Foto von Herrn Spitzmaus. Vielleicht ist es unser Fluch, dass wir, wenn wir etwas nicht erklären können, immer glauben, ein Teil würde fehlen. Unser Gehirn erlaubt uns nicht, die Möglichkeit zuzulassen, dass Menschen manchmal völlig grundlos durchdrehen und sich gegenseitig die Köpfe einschlagen und dass es Dinge gibt, die sich der Logik entziehen, oder die ganz einfach viel zu weitläufig sind, als dass wir sie jemals erfassen könnten."

„Du nervst, wenn du philosophisch wirst, Rothmanns", knurrte Wilke. „Du wirst jetzt gefälligst mitkommen und auch ein Bier trinken. Das ist eine dienstliche Anweisung!"

Rothmanns fügte sich ohne weiteren Widerstand.

EPILOG

Das unscheinbare Metallstück mit der etwas plump wirkenden Gravur *LEG XIX* war in die Büsche geflogen. Wessen Hand es zuletzt berührt hatte, war unklar. Möglicherweise war es Weidingers Hand gewesen, der auch im letzten Atemzug noch die Kraft fand, das Beweisstück, das den Himmel über seinem Lebenswerk einstürzen zu lassen drohte, von sich zu schleudern, während Mehlbaum sicherlich versucht hätte, seine Finger wieder zuzukrallen, um es als Märtyrer im Kampf für seine Theorie auch noch im Tode an sich zu drücken. Der grünbelaubte Haselnussstrauch am Straßenrand jedoch hatte seine biegsamen Zweige ausgespannt und mit federnder Leichtigkeit das Erbe der unglücklichen Neunzehnten Legion aufgefangen und in Richtung Boden gleiten lassen, ohne dass es weiteren Schaden nahm. Zwischen einer Handvoll bräunlicher Vorjahresblätter und einem vertrockneten Häufchen Hundekot kam es zum Liegen.

Summend wie ein Bienenschwarm näherte sich eine Menge Schaulustiger, die irgendwie mitbekommen hatten, dass sich in den hinteren Rängen der verspätet eintrudelnden Teilnehmer wesentlich interessantere Dinge abspielten als dort vorne, wo die Sieger sich wie jedes Jahr bei ihren Ehrenrunden feiern ließen. Schreie und Entsetzensäußerungen wurden laut. Zwei Helfer vom Sanitätsdienst waren rasch zur Stelle, und eine stumme Gasse öffnete sich, als der Notarztwagen sich näherte.

Natürlich war alles zu spät. Die beiden verschlungenen Leiber in Laufkleidung schienen sich zu umarmen. Blut war geflossen. Dick rann es aus dem dunklen Haarschopf des stattlichen Toten, seine Wange entlang, und sickerte durch seinen kurzgeschorenen Bart auf den harschen Kieselboden. Offenbar hatte ein Stein ihn am Hinterkopf getroffen, der sich, ebenfalls blutbefleckt, noch immer in der Hand des mageren Mannes mit den etwas gelichteten Blondlocken befand. Hatte dieser sich verteidigen wollen, als er zuschlug? Aus seiner Nase tropfte es ebenfalls dunkelrot, als habe er einen Fausthieb mitten ins Gesicht bekommen, und an seinem blassen Hals zeichneten sich bläuliche Male ab, wie die Finger einer Hand.

Unter den Gaffern stand ein junger Mann mit grüngefärbtem Haupthaar und einem Ring im linken Nasenflügel und reckte ebenfalls den Hals. In seiner Hand hielt er eine fast geleerte Bierflasche, deren Öffnung er mit dem Daumen verschlossen hielt, um den kostbaren letzten Schluck in dem Gedränge nicht zu verschütten. Nachdem er einen kurzen Blick auf das bleicher werdende Menschenknäuel mit den verrenkten Gliedmaßen erhascht hatte, wurde ihm übel, denn er war kein so harter Kerl, wie seine abgewetzte Lederjacke und die schlammbeschmierten Stiefel, mit denen er im Sommer wie im Winter herumlief, auf den ersten Blick vermuten ließen. Er schluckte ein paarmal und schaute in den Himmel, wo die weißen Aprilwolken nun rasch grauer wurden.

Die herbeigerufene Polizei untersuchte zunächst die Kleidung der Toten. In den Taschen des korpulenten Mannes fand sich ein Handy. Die zuletzt gewählte Nummer war noch gespeichert, und die etwas müde Stimme Hedwig Weidingers erklang. Im Hintergrund lief Schmusemusik. Sie sagte nicht viel. Der Mann mit dem gelben Sportdress hatte kein Handy dabei, und wenn er es gehabt hätte, wäre wohl nur sein Kater drangegangen. Seine Identifizierung würde ein paar Stunden in Anspruch nehmen.

Ein paar Streifenbeamte scheuchten die Schaulustigen fort, die immer noch gafften, und verbannten sie hinter eine rasch aufgespannte Absperrung aus rotweißen Flatterbändern. Die beiden toten Männer wurden aus allen Richtungen fotografiert, danach wurde wie ein Schatten der Gnade eine graugrüne Plastikplane über sie ausgebreitet.

Das Murmeln der Menge klang wie ein Rauschen, und auch der junge Mann mit dem grüngefärbten Schopf war ein paar Meter weitergegangen. Er schaute sich um. Zugegebenermaßen war ihm immer noch etwas übel, das bereits konsumierte Bier drängte sich ebenfalls seinen natürlichen Weg, und fahrig überlegte er, wo er so rasch ein Plätzchen finden würde, an dem er ungesehen gleichzeitig pinkeln und kotzen könnte. Die Sträucher am Wegesrand versprachen Zuflucht. Er machte sich dünn und verschwand hinter dem Grünzeug. Das Würgen im Hals wurde vorübergehend schwächer, und er entschied sich, erst zu pinkeln. Ein weißer Schmetterling spielte um den Strahl. Die Übelkeit vergessend, versuchte er ihn zu erwischen, schaute dabei auf seine Stiefel und bemerkte, dass er in ein Hundehäufchen getreten war. Verdammte Mistviecher! Er machte seine Hose wieder zu und streifte den Stiefel auf dem moosigen Boden ab, als er etwas anderes bemerkte, ein fahles Glänzen, eine Art Metallstück mit einer ungewöhnlichen Form.

In einem ersten Reflex wollte er achtlos dagegen kicken. Dann entschloss er sich, es lieber aufzuheben. Er verstand nichts von Archäologie und Geschichte und diesem Kram. Das hatte ihn schon in der Schule zu Tode gelangweilt. Aber das Teil sah interessant aus, und als er mit der Hand über die glatte Rückseite wischte, erkannte er ein eingraviertes Zeichen, *LEG XIX* oder so … Ein cooles Ding! Vielleicht könnte man eine Gürtelschnalle daraus machen, überlegte er.

„*Tertius gaudens*“, würde Felix Mehlbaum jetzt vielleicht gesagt haben, wenn er dazu noch in der Lage gewesen wäre. „Da freut sich der Dritte!“

„Halt die Klappe, Mehlwurm. Der Typ versteht kein Latein!“, würde Weidinger wahrscheinlich eingeworfen haben, wenn er der Szene beigewohnt hätte.

Der junge Mann steckte indessen das Metallteil in die ausgebeutelte Tasche seiner Jeans und trat leise pfeifend durch die Büsche zurück auf die Straße, wo die Leichen nun auf Bahren verfrachtet waren, darauf wartend, dass man sie fortbrachte. Die Welt kam wieder ins Lot. Nur der große Blutfleck dort drüben würde noch einige Zeit an das Geschehene erinnern.

Grünschopf suchte in seinen Taschen nach Kleingeld für ein Brötchen, vielleicht auch für ein weiteres Bier. Er warf einen letzten flüchtigen Blick zurück, zutiefst verwundert darüber, dass es tatsächlich Menschen gab, die an einem schönen Tag wie diesem nichts Besseres zu tun hatten, als sich gegenseitig das Lebenslicht auszublasen, und war in der Menge verschwunden.

Der Himmel wurde jetzt dunkel, schwefelig. Die Wolken waren so schwer, dass sie beinahe den Turm der Sparrenburg streiften. Erste Tropfen klatschten auf die Erde und verdünnten das Blut auf den Steinen. *Post hoc ergo propter hoc.* Nach Plutarch pflegten außergewöhnlichen Schlachten meist außergewöhnliche Regenfälle zu folgen.

Unsere Bücher im Internet:
www.pendragon.de

1. Auflage

Originalausgabe
Veröffentlicht im Pendragon Verlag
Günther Butkus, Bielefeld 2009

Lektorat: Kirsten Hellmich, Jens Gottesleben
Umschlag: Michael Baltus
Umschlagbild: Marcel Keller
Satz: Pendragon Verlag auf Macintosh
Gesetzt aus der Adobe Garamond
Druck: Aalexx Buchproduktion, Großburgwedel
ISBN 978-3-86532-129-9
Printed in Germany

Es ist niemand im Haus

von Monika Detering

Ein Bielefeld Krimi

Originalausgabe

240 Seiten, Paperback, Euro 9,90

ISBN 978-3-86532-130-5

Der Bielefelder Kriminalhauptkommissar Viktor Weinbrenner erhält auf ungewöhnliche Weise den Auftrag, ein lang vermisstes Kind aufzuspüren. Haben die anonymen Botschaften an Weinbrenner etwas mit dem Verschwinden des Kindes zu tun? Die im Rollstuhl sitzende Marlene Lachner fühlt sich von seltsamen Briefen und rätselhaften Vorkommnissen bedroht und bittet den Kommissar um Hilfe. Zur selben Zeit tritt die mysteriöse Jonna in Weinbrenners Leben, und nach und nach fällt es ihm immer schwerer, sich dem dunklen Charme des aufreizenden Mädchens zu entziehen. Die Ereignisse spitzen sich zu, denn seiner Vergangenheit kann niemand entrinnen. Aber welche Rolle hat Jonna in diesem tödlichen Spiel?

Monika Detering lebt und arbeitet in Bielefeld. Viele Jahre war sie als Puppenkünstlerin tätig, mit zahlreichen Ausstellungen im In- und Ausland. Sie veröffentlicht seit 1998 Romane, Kurzgeschichten und Krimis.

P E N D R A G O N - Verlag

Kaltes Nest

von Sabine Ernst

Ein Bielefeld Krimi

Originalausgabe

256 Seiten, Paperback, Euro 9,90

ISBN 978-3-86532-086-5

In Bielefeld kommt es zu einer Überfallserie. Vier Frauen werden vor ihren Haustüren überfallen. Die Auswahl der Opfer scheint zufällig, die Brutalität steigt von Überfall zu Überfall. Das fünfte Opfer des maskierten Angreifers stirbt. Zwei Tage später wird in einem Schrebergarten eine obdachlose Alkoholikerin erdrosselt aufgefunden. Das Ermittlerteam um die Kommissare Hanna Brandt und Alexander Abendroth steht vor einem scheinbar unlösbaren Rätsel, bis es auf eine ungeklärte Serie von sechs Handtaschendiebstählen stößt, die sich im Jahr zuvor ereignet haben.

Sabine Ernst wurde 1957 geboren und lebt in Bielefeld. Sie studierte Geschichte, Slavistik und Literaturwissenschaft. Als Autorin und Texterin arbeitet sie im Kulturbereich. „Kaltes Nest“ ist ihre erste Buchveröffentlichung.

P E N D R A G O N - Verlag

Am Abgrund

von Jürgen Siegmann

Kommissar Lippes erster Fall
Ein Bielefeld Krimi
296 Seiten, Paperback, Euro 9,90
ISBN 978-3-86532-087-2

Die Menschen genießen den Sommer in der Stadt. Alles scheint gut, doch die Polizei sucht zwei 16-jährige Schülerinnen, die kurz nacheinander verschwunden sind. Eine davon ist die Tochter des Bielefelder Kommissars Florian Lippe. Sind die beiden durchgebrannt oder wurden sie entführt?

Die Polizei ermittelt unter Hochdruck, aber ohne vorzeigbare Ergebnisse. Daraufhin formiert sich eine Bürgerwehr. Ihr erstes Opfer: Ein Mann, der gerade eine Haftstrafe wegen Vergewaltigung verbüßt hat. Eines Morgens findet man ihn, auf einem der belebtesten Plätze der Stadt, nackt an einen Pfeiler gebunden.

Als eines der verschwundenen Mädchen ermordet aufgefunden wird, spitzt sich die Lage dramatisch zu. Kommissar Lippe will den Entführer auf eigene Faust zur Strecke bringen. Um jeden Preis.

P E N D R A G O N - Verlag

Der falsche Priester
von Erwin Grosche

Ein Paderborn Krimi
Originalausgabe
208 Seiten, Paperback, Euro 9,90
ISBN 978-3-86532-076-6

Eine unheimliche Mordserie erschüttert Paderborn. Maikötter, Privatdetektiv, der sich bei seinen Ermittlungen gerne als Priester tarnt, hat andere Sorgen. Er muss einen untreuen Ehemann beschatten. Dass er nebenbei auch noch die Morde aufklärt und so in Paderborn wieder die übliche Ruhe einkehrt, versteht sich für den falschen Priester natürlich ganz von selbst.

Maikötters Spitzname war „Priester“, und die Paderborner Unter- und Oberwelt kannte ihn unter diesem Namen. „Der Priester kommt, die Hölle naht“, eilte ihm der Ruf voraus.

Erwin Grosche wurde 1955 geboren. Er lebt heute als Kabarettist, Schauspieler und Autor in Paderborn. „Der falsche Priester“ ist der erste Fall von Maikötter.